岸田理生戯曲集

II

糸地獄

岸田理生

而立書房

目次

糸地獄

岸田理生戯曲集Ⅱ

装幀・神田昇和

糸地獄

■登場人物

少女繭
糸屋の主人（縄）
糸女1（松）
糸女2（梅）
糸女桜（女学生）
糸女3（藤）
糸女4（菖蒲）
糸女5（牡丹）
糸女6（萩）
糸女7（月）
糸女8（菊）
糸女9（紅葉）
糸女10（雨）
糸女11（霧）
募集人の藁
募集人のテグス
募集人の紐（就籍係）
募集人の水引
のっぺらぼう1
のっぺらぼう2
のっぺらぼう3
のっぺらぼう4
人形の母1
人形の母2
男1
男2
黒衣1
黒衣2
黒衣3
黒衣4
父1
父2
父3
父4

プロローグ

暗闇の中で擦られる一本のマッチ。ぼうっと明るむ炎の中で、一人の男が「今夜嬉しい米屋の妾」言ってマッチを吹き消す。と、また別の男がマッチを擦る。よく見ると暗黒の中には四、五人の男たちがいるようだ。彼等は娘を買う募集人である。

募集人のテグス （マッチを擦って）糸目きれても苦にならぬ（消す）
募集人の紐 （マッチを擦って）三度三度に菜っ葉を食べて（消す）
募集人の水引 （マッチを擦って）何で糸目が出るものか（消す）
募集人の藁 （マッチを擦って）子買い子誘《さら》い紡績製糸（消す）
募集人のテグス （マッチを擦って）娘やるなよ繭を売れ（消す）
募集人の紐 （マッチを擦って）いやだ母さん糸屋はいやだ（消す）
募集人の水引 （マッチを擦って）婿をとれずに糸をとる（消す）

不意に四人の男たち、猫撫で声になり、

募集人の藁 （観客席でマッチを擦ると）昭和十四年現在。東京モスリン製糸株式会杜亀戸工場は、東京の名所亀戸天満宮から東へ三丁の処にあります（消す）

募集人のテグス（観客席でマッチを擦ると）会社の資本金は壱千五百万円で、綿糸紡績、糸とり糸つむぎの一大工場であります（消す）

募集人の水引（観客席でマッチを擦ると）工場内には、新築の寄宿舎、学校、病院などが設けてあり、すべて無料であります（消す）

募集人の紐（観客席でマッチを擦って）学校は、普通教育の外、裁縫、生花、茶の湯、礼儀作法、料理などを皆さんに丁寧に教えております（消す）

募集人の藁（観客席でマッチを擦って）貴女がたの御姉妹や、同郷の方が沢山入社して、楽しく働いておいでになります。貴女も入社なさいませんか？（消す）

募集人のテグス（観客席でマッチを擦って）いつでも入社できますが、一日でも早い方が勝です。一刻も早く御出になるのが貴女のおためです（消す）

募集人の紐（観客席でマッチを擦って）給料は年齢によりまして、最初は一日金六十銭から金七十銭まで差し上げます（消す）

募集人の水引（観客席でマッチを擦って）三カ月たてば一カ月金参拾円以上、六カ月たてば五、六拾円以上に増加します（消す）

募集人の藁（観客席でマッチを擦って）それから上は、貴女の働き一つで、いくらでも儲かります（消す）

募集人のテグス（観客席でマッチを擦って）食事は白い御飯と、おいしいおかずを、一日僅か、金十二銭で賄います（消す）

募集人の水引　委しいことは、最寄の募集事務所か、または直接会社へ葉書で問い合わせ下さい（消す）

募集人のテグス（観客席でマッチを擦って）すぐ御返事いたします（消す）

募集人の藁（観客席でマッチを擦って）ですから、今すぐ御決心なされた方が勝です（消す）

最後のマッチが消され、再び闇となる。その中に流れる「女工哀歌」のメロディ。

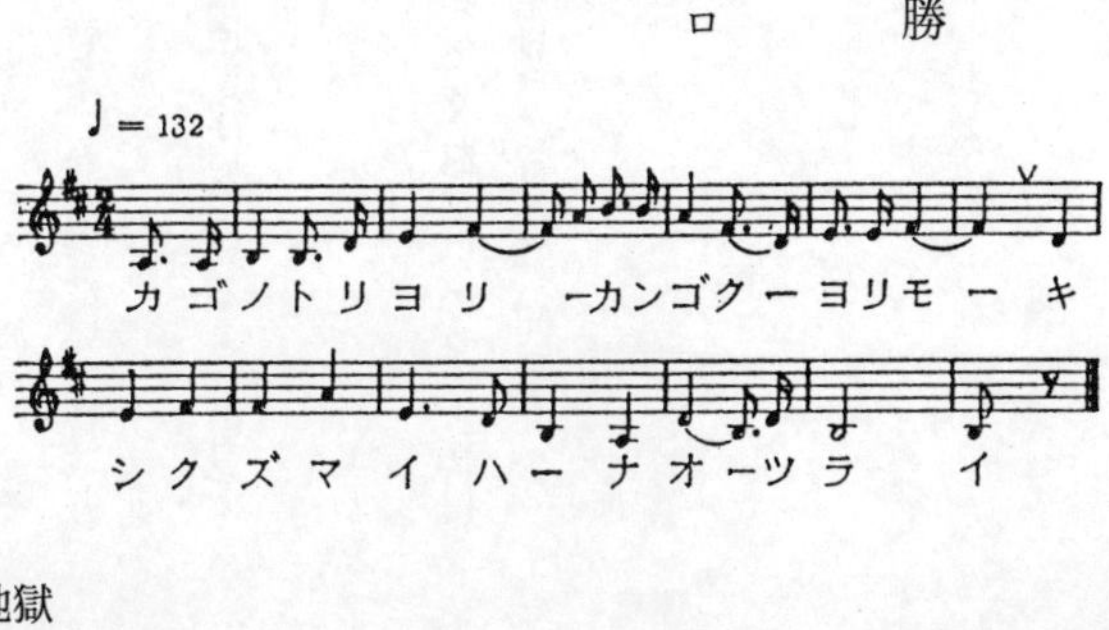

1 私

闇……。音がする。何の音？　水音のようだ。引いては寄せ、寄せては引き……波。そう、波音だ。それからまた、音がする。何の音？　きりきりと音がまわって、あれは、何の音？　わからない、音。五体を締めつけるような、音。

闇に、うっすりと明かりが差すと、少女がいる。あたりは暗がりで、少女は宙に浮いているように見える。

少女　たった今、眼が醒めてここにいる。ここはどこ？　（耳を澄まし）教えてくれないの？　私は誰？　（耳を澄まし）答えてくれないの？　（ふと、右手に持った一本の結縄を見）これは、何？

不意に光の矢が少女に突き刺さる。

誰かが懐中電燈で少女を照らし出したのだ。

少女　痛ッ！

光のうしろで男の声が、女だ、と小さく叫び懐中電燈を消す。と、別の場所から、もうひとつの懐中電燈が少女を射る。

少女　痛ッ！

光のうしろで別の男が、それも、ずぶ濡れ……と驚いて告げ、懐中電燈を消す。一瞬の間を置いて、同時に点け互いを照らし、「藁！」「テグス！」と名を呼び合い、消す。

藁　（テグスを照らし）見たか？（消す）
テグス　（藁を照らし）見た！（消す）
藁　（自分を照らし）雨も降ってないのに、頭の先から足の先まで、ずぶ濡れの小娘。（消す）
テグス　（自分を照らし）月も出ていない真夜中に、たった一人で。
藁　（少女を照らし）おまえは誰だ？
少女　わからない。（藁、明かりを消す）
テグス　（少女を照らし）どこへ行く？
少女　わからない。（テグス、明かりを消す）
藁　（少女を照らし）年は？
少女　わからない。
藁　（照らしたまま）親は？

少女　わからない。（藁、明かりを消す）
テグス　（少女を照らし）どこから来た？
少女　（反射的に）海から。
テグス　（照らしたまま）名前は？
少女　（反射的に）繭。（答えてから考え）私、海から来たんです。名前は繭……草の下に門があって糸と虫のいる繭。（テグス、明かりを消す）
藁　（少女を照らし）海から来たんだな？
少女　ええ。
藁　（照らしたまま）名前は繭と言うんだな？
少女　ええ。（藁が明かりを消すと）つけて！
藁　（慌ててつけ、少女を照らす）
少女　ここは、どこ？
藁　（照らしたまま）道だよ。海のそばの一本道だ。（明かりを消す）
少女　つけて！
テグス　（つけて少女を照らす）
少女　あんたは誰？　あんたたちは誰で、何をしているの？　名前は？（矢継ぎ早に訊く。テグス、明かりを消し、次の瞬間、自分を照らして、俺はテグスと告げ、消す）
藁　（自分を照らし）俺は、藁。（消す）

テグス　（藁を照らし）何をしてるかというと、（消す）
藁　（テグスを照らし）夜まわり見張りだ。（消す）
少女　つけて！　（藁とテグス、二人同時につける）私、おなかがすいてるわ、それに寒くて眠いわ。（二人、明かりを消す。闇の中で）教えて！
藁　（少女を照らす）何を？
少女　私、行きたいんです。
藁　（照らしたまま）どこへ？
少女　（もどかしそうに）おなかがすいていて、寒くて眠いときに行くところよ。ほら……わからない？　（藁、明かりを消す。闇の中で）そこは、暖かくて明るくて、それから食物《たべもの》の匂いがしてるわ。それから人がいて、布団もあるわ。ねえ、そこはどこ？　何て言うの？
藁　（無言で少女を照らす）
少女　思い出せない。（藁、明かりを消す）
テグス　（無言で少女を照らす）
少女　思い出せない。（テグス、明かりを消す）

一瞬の間を置いて二人同時につける。

テグス　家だよ。

少女　そう、イエだわ。イエは、どこ？

二人、明かりをつけたままでくるくるとまわしながら、

藁　まっすぐ行くと、突き当たりに家がある。
テグス　糸屋という家がある。
藁　迷わずに行きな。
テグス　間違えずにな。

二人、遠ざかりながら、明かりを点けたり消したりして去る。
闇の中で、

少女　糸屋へ行く道は？

訊くと、どこからともなく女の声で、「まっすぐ、お下りなさんせ」と答える。また訊くと、また答え、次第に女たちの声、ふえてゆく。

2　糸車

闇の中で、音。まわる音。音が、ふえて早まって、明かり。

音は、糸車のまわる音。全員揃って白い着物の十一人の糸女たちが、さまざまな糸車をまわしている。

と、

糸女1　アッ！（叫ぶと、十人の糸女たち、揃って糸女1を見る）
糸女2　アッ！（叫ぶと、十人の糸女たち、揃って糸女2を見る）
糸女10　アッ！（叫ぶと、十人の糸女たち、揃って糸女10を見る）
糸女11　アッ！（叫ぶと、十人の糸女たち、揃って糸女11を見る）
糸女1　糸がもつれた。
糸女2　こんがらかった。
糸女10　糸がもつれるのは、
糸女11　誰かくる知らせ。
糸女1　嬉しいねえ。
糸女2　楽しいねえ。
糸女10　賑やかになるねえ。
糸女11　いいことだねえ。

糸女1　（糸女2に）ほどけたかい？
糸女2　まだだよ。
糸女10　（糸女11に）ほどけたかい？
糸女11　まぁだだよ。

糸女たち、糸をほどく仕草。と、二階通路に明かりが入る。途方にくれた少女繭。

繭　（階下の糸屋を見おろし）すぐそこにあるのに、行かれない。眼の下に見えてるのに、着かない。あそこまで行かれるんなら、喜んで走るんだのに、そうして、こんなに一人っきりで世間を歩いて行かないですむんなら、どんなことでも、やるんだのに……。

現れるセーラー服の女学生。「何をしているの？」と声をかける。

女学生　あんた、誰？
繭　誰でもないわ、まだ。あんたは？
女学生　私よ。
繭　名前は？
女学生　これから名前がつくんだわ。

藺　どこから来たの？
女学生　家から。
藺　どこへ行くの？
女学生　糸屋。
藺　何しに？
女学生　娼婦を見に行くの。面白がって、見にゆくんだわ。あんたは、どこから来たの？
藺　海から。
女学生　馬鹿みたい。それじゃ、どこへ行くの？
藺　イエ。糸屋というイエ。
女学生　何しに？
藺　おなかがすいていて、
女学生　それから？
藺　寒くて、
女学生　それから？
藺　眠いの。
女学生　かなり馬鹿みたい。でも、あそこの女たちは大体そんな理由で売られてきたのよね。
藺　売られてきた？
女学生　あんた、白痴？　あそこは娼家よ。表では糸を売って、裏では色を売るんだわ。私、学校をサボッて見にゆくの。今頃、みんなは家庭科の授業中で浴衣を縫ったりしてる。
藺　わたし、
女学生　何？
藺　紙のような気がする。一枚の白い紙。あんたが話すと、
女学生　何？
藺　知らない言葉で紙が埋められて、体の中に、
女学生　何？
藺　わからない文字が溜まってゆくみたい。わたし、
女学生　何？
藺　娼家と娼婦がわからない。
女学生　それから？
藺　学校と家庭科と授業中がわからない。浴衣は少しわかるわ。なつかしい言葉のような気がする。
女学生　ねぇ、
藺　何？
女学生　気違いの相手してるのと、
藺　何？
女学生　娼婦を見にゆくのとでは、どっちが面白いかしら？
藺　わからないわ、私。

と、階下の糸屋に一人の男が現れる。
糸屋の主人（縄）である。

縄　気ヲツケ！

糸女たち、居ずまいをただす。

縄　松！
糸女1　はい。
縄　梅！
糸女2　はい。
縄　桜！

呼ぶが返事がない。縄、桜！　とくりかえす。

松　あのう、
縄　何だ？

梅　三月桜は、
糸女10　死にました。
糸女11　首を括《くく》って、
糸女たち　死にました！
糸女3　ついこの間、
糸女4　三日前のできごとです。
糸女5　三月桜は、
糸女6　海の底。
糸女7　葬式もなし。
糸女8　墓もなし。
松　戒名もなし花もなし。
梅　なむあみだぶつの、
糸女10　経もなし。
糸女たち　（阿呆陀羅経の口調で）ないない尽くしの三月桜　かわいそうなは三月桜　父なし母なし戸籍なし　死んで帰れる家もなし（一斉に主人を見る）
縄　忘れていたよ。（糸女たちを眺めまわし）それが不満かね？
松　死んだのが悲しいんじゃないんです。
梅　いないのがさびしいんです。

縄　すぐ新しい三月を連れてきてやる。十二人まとめて遊ばせてやる。桜に牡丹は？
糸女3　三六のカブ。
縄　そうだ。それから？
糸女4　三三ロッポウ見ずに引け。
縄　そうだ。それから？
糸女5　花見で一杯。
縄　そうだ。それから？
糸女6　松梅桜は赤短です。
縄　すぐに揃えてやる。藤！
糸女3　はい。
縄　菖蒲！
糸女4　はい。
縄　牡丹！
糸女5　はい。
縄　萩！
糸女6　はい。
縄　月！
糸女7　はい。

縄　菊！
糸女8　はい。
縄　紅葉！
糸女9　はい。
縄　雨！
糸女10　はい。
縄　霧！
糸女11　はい。
縄　(頷き) さて、朝だ。今朝は、どうだったね？
松　新聞を読みませんでした。ラジオも聞きませんでした。仲間同士噂話もしませんでした。
糸女たち　いい朝でした。
藤　それから床掃除でした。
霧　大切な大切な男方が踏まれる床板なので、着物の裾をまくりあげ藁縄をときほぐして玄関の床の間や廊下の隅々まで、磨きあげてゆくのでした。
糸女たち　いい朝でした。
藤　それから水汲みでした。水の一杯入った手桶を運ぶわたくしの姿は、まるでアヒルが歩いているようで、
糸女たち　ヨタヨタ、モタモタ、ヨイショ、コラショと、いい朝でした。

縄　それから？
菖蒲　どういうわけか躓いて、その上から水がザバッと降ってきたのでした。板の間は水浸し、
牡丹　どうしよう？
萩　どうしよう？
月　どうしよう？
菊　どうしよう？
紅葉　どうしよう？
縄　どうしたね？
松　(渋々と)規則ですので怒りました。
縄　どんなふうに？
松　(小声で)バカ。
縄　まるできこえなかった。
松　(普通の声で)バカ。
縄　何かきこえたような気がする。
松　(やや大きく)バカ！
縄　少しずつきこえてきた。
松　(精一杯に)バカッ！
縄　それから？

梅　ドジッ！
雨　マヌケッ！
霧　オタンチン！
松　ヌケサクッ！
梅　ノロマッ！
雨　アホウッ！
霧　オカメッ！
松　ガキッ！
梅　スケベッ！
雨　スベタッ！
霧　アマッ！
糸女たち　いい朝でしたッ！

急激に闇。

3　夏風

階下の明かりが消えると、階上の女学生、「さよなら」と告げる。

藺　どこへゆくの？

女学生　糸屋。三月桜は、死んだんだわ。ってことは、一人足りないのよ。私、娼婦になってみようと思うの。面白い経験が出来そうだわ。（階段に向かう）

藺　あそこはイエ。イエは、なつかしいような気がする。でも、イエは何をするところ？

女学生　イエはみんながニコニコ顔のお面をかぶるところよ。娼家は嘘をつくところ。

藺　嘘って、なに？

女学生　生き物よ。私、嘘つくのうまいのよ。（降りてゆく）

藺　待って！（追いかける）

と、いきなり階段の下から藺めがけて、平手打ちの明かりが差す。

藺　まぶしい……。何も見えない。降りられない。（人形のようにあとじさりし）引かないで！　うしろにいるのは誰？　誰かがうしろから糸引いてる……私は階段を降りたいんだ。あやつらないで。あそこには、イエがある。私はイエに行きたいんだ。

だが繭はうしろからあやつられて、あとじさってゆくばかりだ。溶暗するにつれ、どこからともなく流れ込んでくるボーイソプラノ。
野口雨情の「あの町この町」が闇の中で唄われる。

〽あの町この町
　日がくれる日がくれる
今来たこの道
　帰りゃんせ帰りゃんせ
お家がだんだん
　遠くなる遠くなる
今来たこの道
　帰りゃんせ帰りゃんせ
お空に夕の
　星が出る星が出る
今来たこの道
　帰りゃんせ帰りゃんせ

唄声にまじって糸車のまわる音。階下の糸屋に明かりが入ると、十二人の糸女たちが居流れ、十一人は黒い着物、一人はセーラー服を着ている。女学生である。
糸女たちの前には、主人の縄と就籍係（紐）まるで自分の鏡像を見るように向き合って立っている。

紐　まるで葬式だ。
松　世間が来る日は黒い着物。
梅　客が来ると赤い着物。
霧　糸を操る時にゃ白い着物。
雨　葬式は三日前にすみました。

糸女たち、揃って、風に葉がゆらぐように一礼する。三月桜になった女学生だけがそれをしない。

紐　こうやって黒い着物に迎えられると言うことは、つまり歓迎されていないんですね。
松　知らない人に、私を嗅ぎまわられるのが嫌なんです。
梅　人口七千万のニッポンに、そんなことをされるのは尚更です。
紐　私はニッポンの正しい就籍係です。
桜　就籍係って何？
縄　新入りです。

紐　私はね、(事務的に) 新戸籍法に基づいて、一定の法手続きをし、戸籍のない者に、新しい戸籍を与える者、です。
梅　あのう……、
紐　なんです?
松　わたしたち、
雨　戸籍がなくても、
霧　困りゃあしません。
紐　ニッポンは困るんです。
あんた方は、糸の切れた凧のようなものだ。いいですか、このままだと、子供を産むこともできないし、ケッコンなんてこともできませんよ。
藤　子供は戸籍が産むんですか?
菖蒲　女が産むんじゃないんですか?
霧　無恥!
雨　白痴!
松　子供は犬が産むんだよ。
菖蒲　知らなかったわ。
雨　犬は子供を産むから、オッパイが八つもついてるんだよ。
梅　人間はオッパイが二つしかないから、子供は産まないの。

霧　ただ育てるだけ、さ。わかったかい？
菖蒲　（うなだれる）
紐　一体、誰がそんなことを教えたんです？
糸女たち　御主人様！
縄　私はね、この女たちに戸籍がないのを知っていますよ。しかし、ないものはないんで、拾ってくる訳には行きません。
紐　では聞きますがね。（と藤を指し）もしあんたがこの人を好きになってですよ。ケッコンしたあとで、妹、とわかったらどうします？
縄　人類みな兄弟ですよ。あんた、
紐　えっ？
縄　ジューク一族を御存知ですか？
紐　何です、そりゃ？
縄　犯罪家系ジューク。血族五百四十人中、常習窃盗犯が六十人、売春婦五十人、生活不能者百八十人。そのジューク一族が、三十年後の調査では二千余人となり、その内、百七十一人が犯罪者で、売春婦が三百人弱。二百余人は、生活無能力者。
紐　不気味がうつるようなことを言わんで下さい。みんながますます喋らなくなる。（猫撫で声で）おじさんがいいものを見せてあげるからね。（と、ポケットから一本の糸をとり出す。糸の先には黒球がついている）この黒い球は、昔だよ。昔々、あるところに、の昔だ。それから、この糸は時間だ。

さあ時間が逆まわりするよ。（糸を揺らしはじめる）昔々、あるところに、だ。何が見えるね？
戸籍の手がかりが見えるかね？

と、糸女たち、上体を揺らしはじめる。三月桜だけが、瞬《まじろ》ぎもせず、その場の光景を見ている。カチカチカチと秒が刻まれる音。音は時に間のびし、時に早まり、だが絶えることはない。紐と縄、糸女たちをそこに残して去る。と、十一人の女たちは、懐中から黒球のついた紐をとり出し、揺らげる。十一本の糸が、十一の昔を、十一の速度でゆする。

松　風
梅　風が
藤　風が吹いている
菖蒲　風が吹いている海
牡丹　風が吹いている海の
萩　風が吹いている海のそばに
月　風が吹いている海のそばに私がいて
菊　風が吹いている海のそばに私がいて　食べている
紅葉　風が吹いている海のそばに私がいて　食べている　飲んでいる
雨　風が吹いている海のそばに私がいて　食べている　飲んでいる　舐めている

霧　風が吹いている海のそばに私がいて　食べている　飲んでいる　舐めている　風を

十一人の糸女たち赤い舌を出して、風を舐める。

霧　夏風　風ゆらり
梅　ゆんらり　ゆりり　風　夏の風
雨　いえ　とろり　お日さま
霧　肌がほどけて
松・梅・雨　ゆらり　とろり　らりろり
梅　骨がほころんで
雨　ええ皺が　溶ける
霧　夏の夏　風　夏　夏の風
梅　あたたかいこと　風
雨　うっとりと静か　夏
松・梅・霧　ええ　夏の風　静か
霧　(舌を出して風を舐め) 甘いこと　風の味が濃くて甘くて　ほんのりと麦藁の匂いもして
梅　(舌を出して風を舐め) 日かげにいる時みたいな　そんな味　夏の風はおなかに溜って　眠くなる
雨　(舌を出して風を舐め) ほんの少し水気　おとといの夕立が　雨がまだ残っていてさやり

松・梅・霧　いえ　とろり　体に
松　こんなふうに　風がやさしいと
梅・雨・霧　えっ？
松　昔を思い出して、私
梅・雨・霧　えっ？　ええ
霧　どんな夏でした？
松　その夏は　水玉模様でした
梅　夏の風が　ぷつんと
雨　肌にはじけて
松　水玉模様
霧　風が　とろりの夏風が
梅　熱を呼んで
雨　ほろほろと
松　水玉模様
霧　むき出しの　風が
梅　ひゅろひゅろと私を運んで
雨　砂の上で私が
松　水玉模様

梅・雨・霧　ああと　溜息の　風　夏　夏風
霧　夏の陽の　光の洪水　のせて
梅　ほろ酸っぱい　匂いの　たわわな果実　積んで
雨　とくんとくんと　心の臓　さわがせて
松・梅・霧　ええ風　風の方舟　夏風
霧　方舟　つくかしら
梅　ゆるゆるとね
雨　ええ、西の果て

四人の糸女、「風　夏の風　夏風ふいて静か」と呟き、眠たげ。
階下、煙ったような薄闇に包まれる。と、階上の繭、「嘘」と呟く。

繭　そう、嘘です。嘘という生物が透き通った糸を吐いて、娼婦と私をつないでいる。夏風は光の洪水じゃなかった。それは嘘が腐ってゆく匂いを運んで届けてきた。風？　風が吹いてきた。私……私、何かを思い出そうとしている。体が痛いわ。嘘の糸で縫い閉じられた記憶を、風の鋏がプップッと切ってゆく。切られて体が痛い。

階上に差す、過去の夕焼け。

藺　夕焼け……その中に、ほんとが見える。ほんとは、男の体で漂っている……思い出したわ、私。
あんた、血が薄まったような夕方の中にいるのは、あの人。……ねぇ、覚えてる？

夕焼けは、眼に見えない程の速度で濃くなってゆく。


藺　あんたは林の中に、まるで首っ吊りでもしようかというみたいに立っていた。あたし、心配で心配で、じっとあんたを見てた。それから、隠れていた木の影から出て、「死んじゃ駄目！」って叫んだんだわ。ねぇ、覚えてる？

あんたは、びっくりしたような顔で、あたしを見た。「首っ吊りしたら駄目！」あたしが言うと、あんたはしかめっ面のままで笑い出して、まるで変な顔になった。それから、言った。「歯が痛いんだよ」

虫歯で眠れなくって、痛くて痛くて夕方になって、首吊りみたいな顔してるんだ、とあんたは言った。ねえ、覚えてる？

あたしは糸を持っていた。町の糸屋に赤い糸を買いに行った帰りで、長い長い糸を持ってた。だからあたしは、あんたの虫歯に一本の赤い糸を結びつけて、それから……

ねぇ、ねぇ、覚えてる？

あんたとあたし、赤い糸の綱引きした。あんたの口から赤い糸が一本、タラリと伸びて私に届いていたわ。
あたしは、その糸の端を持って、引いたわ。力をこめて、引いたわ力を、こめて、引いたわ。
……抜けた！　あたし　尻餅ついた……。ねぇ、覚えてる？　あんた、あたしを抱えおこして、
ありがとう、と言った。それからあたしたち、黙って一緒に帰ってきた。夜になって、あたし、
夜になってからようやく気がついたの。あたし、あんたの歯を握りしめたままだった……これよ、
この歯あんたの歯、あんたの虫歯……。

藺、懐中からとり出した男の歯を乳房に押し当てる。吐息。夕焼けは次第に月明かりとなる。

4　記憶の結縄

ぼんやりと月を見ている風情の繭。と、藁とテグスが鍬を手に現れる。

藁　まだこんなところにいる。
テグス　闇夜の晩に、ずぶ濡れで、海からやって来た小娘がいる。
藁　わけのわからん小娘だ。おい、
繭　（藁を見る）
藁　糸屋に行ったんじゃなかったのか？
繭　行こうとしたのだけれど、道が長くて……。
テグス　一本道に迷ったのか？
繭　まっすぐ行ったわ、私。
藁　それで？
繭　石ころだらけの道が、きりもなく続いていた。
テグス　それから？
繭　それから路地に入ったわ。
藁　そうしたら？
繭　また路地、その先がまた路地。

藁　糸屋へ出る道を訊かなかったのか？

繭　訊いたわ。でも、どこの家でも答はひとつ。「まっすぐお下りなさんせ」と女の声が言った。それで、下ってゆくと路地で、縄みたいな道が出たり入ったりあと戻ったり、行ったり来たり。

テグス　つまりは迷ったんだ。

藁　七日七晩、迷いっぱなしって訳だ。

テグス　それでまだ、ここにいて、

藁　そうここにいて、何をしてるんだ？

繭　あれを見ているの。（視線を空に上げる）

藁　あれ？

繭　そう、あれよ。あれは何と言う名前？

テグス　あれは空だろ？

繭　空は知っているの……空にある、あれよ。夢の重さと釣り合いながら、空に浮かんでいるもの、あれは何て言った？

テグス　月だよ。あれは月です。

繭　そう、月。私、月を見ているの。思い出したわ。

藁　穴だらけの袋みたいな小娘だな。

テグス　そうその穴から言葉がボロボロこぼれちまうんだ。

繭　ねぇ、

藁　何だい？
藺　私、思い出したことがひとつある。
テグス　言ってみな。
藺　男がいたの。
藁　どんな男だ？　年は幾つで、何と言う名で、どんな顔をしていた？
藺　顔は、わからない。出来事だけを思い出したんです。私たち、赤糸で綱引きした。そうしたら、虫歯が抜けた。あの人の虫歯……ねぇ、（藁に）あんたは、あの人？
藁　俺は、藁だよ。
藺　（テグスに）あんたは、あの人？
テグス　俺は、テグスだよ。
藁　俺たちは藁とテグスで、何をしているかと言うと夜まわり見張りだ。ハクション！（くしゃみをする。と少女、はじかれたように動いて、藁の両肩を片方ずつ叩き）
藺　トコマンザイ。
藁　何だと？
藺　クシャミのまじないトコマンザイ。（言ってから気づき）思い出したわ、私。
テグス　何を？
藺　クシャミをすると、体から魂がとび出してしまうので、糸を結んでその結び玉に封じこめるんです。ほら、これ。

と、一本の結縄を見せる。

藁　気持ちわるいもんは見せないでくれ（あとじさる）！

テグス　まるで死んだ蛇。瘤だらけの片輪だ（あとじさる）！

繭　これはできごとよ。

藁　ただの糸のかたまりじゃないか！

テグス　糸を持ってるんなら、それを伝って下に降りな。

藁　その結び玉を足がかりに、まっすぐ下に降りて行きな。

テグス　すぐ眼の下に糸屋がある。

藁　そう家がある。

二人、あとじさって消える。取り残された繭、「この糸で……降りる？」と呟く。

繭　降りればイエがある。糸を降ろしてその糸で私も降りる。できるかしら？　翼があるのは鳥で、糸には翼がない。でもせめて、そう、墜落ならできる。翼がなくても墜ちられる……墜ちてごらん！

と、糸縄を落とす。落下と同じ速度で、階下、明るくなる。
糸屋は極彩色の夜。糸女たちは揃って赤い着物を着ている。糸の落ちたちょうど真下には、糸女の雨と、
のっぺらぼうの客の男——。

雨　雨が降ってきた（と雨を手で受けるように結縄に触れ）……六月の雨は、手にひんやり、頬にさやり
……いい気持ち（結縄の結び玉をひとつほどく）……雨は、時間をほどいて、私を開いて……思い
出させてくれます。
のっぺらぼう　何を？
雨　昔。
のっぺらぼう　身の上話か？
雨　ええ。今、ふいと思い出したんです。
のっぺらぼう　何を？
雨　できごと。
のっぺらぼう　娼婦の身の上話という奴、よくできた嘘なら子守唄に聞いてもいいが、本当の話は、
すぐ聞きあきる。
雨　でも、思い出しちまったんだ。話したい。
のっぺらぼう　どうしてもか？
雨　ええ、どうしても。

のっぺらぼう　言ってみな。耳をふさいで聞いてやる。
雨　雨が降ってました。しめじめと甘ずっぱい匂いのする、うるさい花のように思い出を、ふくらませてくれる雨。
のっぺらぼう　それで？
雨　雨で六月、心中でした。
のっぺらぼう　誰が？
雨　私が、男と……。
のっぺらぼう　いつ？
雨　夜明け……
のっぺらぼう　雨が降ってたんだな。
雨　ええ。……宵の内に星が見えて、寝覚に雨……、行かなくちゃ、と……、
のっぺらぼう　どこへ？
雨　心中しに、どこかへ行かなくちゃと起きてみると、降りみ降らずみ雨の気配で。
のっぺらぼう　雨気があたりをこっぽりと包んで、
雨　その癖、目の高さばかりは薄びかりに光って、朗らかな青空が二人の上にだけ、あるようでした。
のっぺらぼう　朗らかな青空か……（苦笑の気配）
雨　ねぇ、
のっぺらぼう　なんだ？

雨　似てます。
のっぺらぼう　えっ？
雨　あんた、似てる。
のっぺらぼう　誰に？
雨　あの人に。……私と男と、二人、たんぼの道を歩いてゆくんです。しっかりと握った手が、そりゃあ熱くって、まるで火事がうつってくるみたい。私達、歩いてゆきました。線路に沿って急ぎ足で。
のっぺらぼう　何故、急ぐ？
雨　心中ですもの。人に見られちゃあ、もういけません。
のっぺらぼう　何故？
雨　えっ？
のっぺらぼう　何故、心中？
雨　貧乏でした。
のっぺらぼう　わかりやすい理由だ。……それから？
雨　犬。
のっぺらぼう　えっ？
雨　犬。
のっぺらぼう　犬？

雨　ええ。犬がいたんです。いつの間に来たのか……朝の犬が三匹、

のっぺらぼう　押し寄せて、前足を突っ立てて吠える吠える吠える……（と、いきなり手をついて四つん這いし、犬になる）

雨　いやッ！　犬だッ！　犬が犬が……犬が！　……叫んで私、手を離した、大事な手、男の手を離した……（のっぺらぼう、犬のまま雨から離れてゆく）どのくらいたったのか、（一人になったのも気づかず語りつづける）どのくらい……たったのか、どのくらい……。いなかった、あの人がいない。深くて一面、水。あたり、まっくら沼の、中。雨足が激しくなって、雷が仇光りして、風が吹いて水がのたくって荒れて逆まいて私……一人。男はどうなったのか、流されたか足とられたか……それっきり。命なんぞは運ひとつ、ですねぇ。（ふっと気づき）お客さん、どこ行ったんです？

客の男をさがして、去る。と、入れかわりに糸女の霧が、背後の糸女たちの中から現れると「霧……」と呟く。「霧が出てきた」、と霧に触れるように結縄にさわり、

霧　秋の霧は、手にひんやり、頬にさやり……いい気持ち（結縄の結び玉をほどく）霧は、時間をほどいて、私を開いて……思い出させてくれます。

不意に居ずまいを正し、深々と辞儀する。犬になっていたのっぺらぼう、いつの間にか霧の〈客〉となり、

のっぺらぼう　まるで海だ。霧が白く澱んで戸のすぐ外まで、海。
霧　たった今、あたしもね、海みたいだと思っていました。それでね、ふいと思い出したんです。
のっぺらぼう　何を？
霧　昔。
のっぺらぼう　身の上話か？
霧　ええ、私の家のこと。林の中にぐみの木が三本、そこを出ると川で、小川について曲がった小径をおぼつかなく下ってゆくと、家で、それが私の家。
のっぺらぼう　今夜はもう、身の上話をひとつ、聞いちまったよ。
霧　耳はふたつあります。思い出してしまったんです。話したい。
のっぺらぼう　どうしても、か？
霧　どうしても。
のっぺらぼう　言ってみな。うつらうつらと聞いてやる。
霧　欲しいもの、ないですか？　あんた旅人あたしは宿屋。泊めて寝かせて夢、見させ、明日は別れかお名残惜しや……

のっぺらぼう、眠る。

霧　眠っている。よく眠っている。あたし、眠った男を……殺した。（のっぺらぼう、手足をちぢめる）……大丈夫だよ。そうっと首締めてあげる。やさしく柔らかく精一杯に首切って、あげる。首から下は、畑に埋めて、それから種子をまいてあげる。昔みたいに、遊んであげる。あんた、よく似てる。殺した人に、似てる。

階下、溶暗してゆく。と、その中で起き上がるのっぺらぼう。階段にゆく。

5　秋風

階上に佇んでいる繭、「結び玉がほどけた」と呟く。

繭　私、色んなもので結ばれていたような気がする。髪の毛はリボンで体は帯紐で、結ばれていて、怪我をすると包帯で悪いことすると縄で、結ばれて、それからそう、夜になると糸を結んだ。糸は縄になって「これは何するもの?」と訊くと誰かが答えた。「それは蓮華縄。生きてる間に自分で自分の縛り縄を作っておいて、死んだらそれでがんじがらめに体を縛るんだよ。死人が暴れないための縄さ、それは」。私はまた訊いた。「誰が縛るの?」すると誰かが答えた。「生きてる者が縛るんだよ」。それからまた、その誰かは私に言った。「あたしが死んだら、あたしの縄で、あたしを縛っておくれ。おまえが死んだら、おまえの縄で、おまえを縛ってやるよ」……私、思い出せない。その誰かが誰だったのか……思い出せない。

繭の独白の間に階段を昇ってきたのっぺらぼう、仮面をはぎとる。
と、糸屋の主人の縄である。

縄　どうも変だ……そう確かに変だ。糸女が二人、俺が教えもしなかった身の上話をしゃべりはじめた。俺が教えておいたのは、雨宿りの雨でそれからそう相々傘の雨で、つまりは浮き浮きと雨で、心中の雨なんかじゃなかった。霧は隠れんぼと鬼ごっこの霧で、人殺しなど起こる筈もなかった。それが二人共、聞いたこともない話をしやがった……一体どういうことだ？　誰があんな話を吹きこんだんだ？

藺、階上で「誰が教えてくれたの？」と訊く。縄、階段で「誰が教えたんだ？」と訊く。

藺　誰？
縄　誰だ？
藺　誰？
縄　誰だ？
藺　誰？
縄　誰だ？

訊き交わし、訊き交わして、不意に縄、「見つけた！」と叫ぶ。藺を凝視する。

藺　私？
縄　おまえだ。
藺　誰？

縄　私だ。
繭　あんたは私を知っているの？　私は、あんたを知らないのに。
縄　おまえは繭だ。まちがいなく糸を吐く虫の繭だ。
繭　来ないで。他人は怖いから来ないで。
縄　つかまえる。

不意に流れこんでくる音楽。現れるのっぺらぼうの男たち四人。糸を引く。と、その糸は繭を結んでいるのだ。繭、引かれてよろめく。

のっぺらぼう1　あの子が欲しい。（糸を引く）
のっぺらぼう2　あの子じゃわからん。（糸を引く）
のっぺらぼう3　あの子どこの子家なし児。（糸を引く）
のっぺらぼう4　迷い子みなし児糸切れた。（糸を引く）
繭　結ばないで、つながないで、あやつらないで、糸の地獄に連れてかないで。

繭、逃れようとするが、できない。もがく、のたうつ。網にかかった魚のように跳ねる。男たち、なおも引く。

のっぺらぼう1　糸とり綾とり縁結び（引く）
のっぺらぼう2　釣り糸黒縄帯扱帯《しごき》（引く）
のっぺらぼう3　毛糸包帯藁テグス（引く）
のっぺらぼう4　絹糸綱引き赤い紐（引く）

藺　私はまだ糸を編み終わってないのに、五体が糸にかがられる。やめて、消えて、のっぺらぼう！見えない糸で縫いとじないで！
縄　訊きたいことがある。
藺　糸、切って下さい。答えます。
縄　何故ここへ来たんだ？
藺　来たんじゃない。いたんだ。気がついたら、ここにいたんです。私は、ここにいたくない。逃げたい。
縄　おまえのうしろには糸千本。
藺　逃げるには、一本だけあればいい。

不意に藺、階段に走る。段の下から藺めがけてさしてくる光。だが藺は降りてゆく。
階下に明かりが点くと、白い着物の糸女たち、無言で糸車をまわす。
その音が響く。糸女たち憑かれたように糸車をまわす。

松　カチカチ一分
梅　カチカチ二分
桜　カチカチ三分
藤　カチカチ四分
菖蒲　カチカチ五分
牡丹　カチカチ六分
萩　カチカチ七分
月　カチカチ八分
菊　カチカチ九分
紅葉　カチカチ十分
雨　これだけ時間を早めれば、
霧　もう大丈夫。逃げただろうよ。

糸女たち、安堵の吐息。ゆっくりと、糸車をまわす。

松　身の内が、何だか急かされて
梅　ひとりでに手がうごいて
桜　糸車、まわしてた

藤　誰かが、まわせと
菖蒲　命じるようで
牡丹　私が、まわせと
萩　囁くようで
月　訳もわからず
菊　考えもせず
紅葉　糸車、まわしてた
雨　なぜ、だったんだろうねぇ
霧　不意の気まぐれだろうよ

と階段の真ん中に立ちすくんだ繭。「降りられない」と呟く。

繭　昇ることもできない。あそことあそこの真ん中のここで、上と下の間のここで、私、宙吊り。誰かが上から糸を引く。誰かが下から糸を引く。その糸の力が釣り合って、よってたかって花、いちもんめ。

不意に糸女の松、えっ？　と、誰にともなく訊く。糸女たち、揃って松を見る。

松　誰か、呼ばなかった？

糸女、揃って首を左右に振り、無言で糸車をまわす。

間。

そしてまた不意に、糸女の梅、えっ？と訊く。糸女たち、揃って梅を見る。

梅　誰か、呼ばなかった？

糸女たち、揃って首を左右に振り、否んで糸車をまわす。と、糸女の雨と霧にも同様の現象が起きる。

松　確かに呼ばれたような気がする。
梅　なつかしい言葉で呼ばれたような気がする。
雨　鼻の奥をくすぐる、乳の匂いのする、言葉で、
霧　誰かが私を呼んだような気がする。

四人、顔を見合わせる。と、階段上の繭、「母さん」と呟く。

松　えっ？（他の三人、松を見る）

梅　えっ？（他の三人、梅を見る）
雨　えっ？（他の三人、雨を見る）
霧　えっ？（他の三人、霧を見る）

階段の上の繭、自分でも驚いたように、

繭　私、今、たった今、母さんと呼んだわ。それから、そう、思い出した。イエ、というところには母さんがいるんだわ。あそこのイエに、いる。母さんが、いる。誰が母さん？　誰かが母さん。でもまだ母さんには、顔がない。

糸女の松、「風が吹いてきた」と呟く。糸女の梅、「秋風」と受け、糸女の雨は、「秋の風」と答え、糸女の霧は「風、さわぐ」と告げる。

松　秋風がうっすり冷たくなりはじめると、
梅　たもとの中に秋風が溜まる
雨　石より重い秋風がきこえ
霧　ふっと軽い秋風に吹かれた炎が消える
四人　ふう（と吐息）

松　自分の息がなまぐさい秋風とまざり
梅　さやりひゅうと鳴る死んだ秋風の中で
雨　さやりひゅうと
霧　女郎が死ぬ
松　さやりひゅう
梅　さやりひゅう
雨　さやりひゅう
霧　さやりひゅう
松　春の風より淫らで
梅　夏の風より、もっと淫らで
雨　冬の風より、もっともっと淫らな
霧　秋風に向かって体をひらくと、
松　春の風より淫らに
梅　夏の風より、もっと淫らに
雨　冬の風より、もっともっと淫らな
霧　秋風があたしの体の中を駈け抜けてゆく
松　さやりひゅう
梅　さやりひゅう

雨　さやりひゅう
霧　さやりひゅう
松　百人の男たちが脱走兵のように急いで、
梅・雨・霧　ひゅう、ひゅう
梅　あたしの体を駈け抜けて行った
松・雨・霧　ひゅう、ひゅう
雨　路地の隅の、ちっぽけな陽なたで体をあたためても
松・梅・霧　ひゅう、ひゅう
霧　秋風が鳴ると、体がひえる
松　さむい風
梅　ひゅう
雨　凍る風
霧　ひゅう
松　老婆の髪は淫らな風に乱れて
梅　もつれて
雨　からんで
霧　渦巻いて
松　いつの間にかとけて

梅　抜けて
雨　落ちて
霧　消えて
松　気づけば、しらが
梅　さわれば、皺
雨　さぐれば、骨
霧　見れば、塵
四人　ふう（重く吐息）

階下、溶暗してゆく。

6　聖家族

暗闇の中で歌われる童謡。野口雨情の「糸切」。

〽糸切虫に
どの糸切らしょう
ほぐれた糸を
よりより切らしょう
糸切虫は
赤い糸切った
小さな口で
ぽきんと切った

ボーイソプラノの独唱が風にまぎれて消えてゆくと、繭の記憶を照らし出すように煙色の明かりが入る。
階上では、右眼に眼帯をかけた「母」1が黒衣1にあやつられて、学生服の「男」1にしなだれかかっている。その「男」も黒衣2にあやつられているのだ。
一方階下では、左眼に眼帯をかけた「母」2（黒衣3にあやつられる）が、学生服の「男」2（黒衣4にあやつられる）に言い寄られている。
そして階段には繭――。

繭　糸切虫なんていなかった。それから私は見た。風がなくて、ぽっかりとした日で、まるで蜃気楼みたいな出来事を見たんだ。からくり仕掛けのように、するりと障子が開いてすると、そこに二人がいた。母さんと、それから、あの人だった。

母1、母2、あやつられて鋏をふりかざす。

母1　切りますよ。
母2　切りますよ。

男1、あやつられて、あとじさる。男2、あやつられて、詰め寄る。

男1　何を切るんです？
男2　何を切るんです？

母1　縁の糸をぷつり。
母2　縁の糸をぷつり。
男1　切れますか？
男2　切れますか？
母1　できますとも。
母2　できますとも。

母1、あやつられて人形ぶり。

母1　糸がね、赤い真っ赤な縁の糸が結べないんなら、いっそ切ります。

母2、あやつられて人形ぶり。

母2　糸をね、赤い真っ赤な縁の糸を結ぼうとするんなら、思いきって切ります。

母1、母2、まったく同じ動きで、

母1　厭気がさして喉ついて、

母2　ざんばら髪の母一人、
母1　恨みの鬼火を袂に入れて、
母2　虚空を引き裂き、
母1・母2　ええ果てますよ。
男1　驚かさないで下さい。
男2　驚かさないで下さい。
母1　嘘や冗談で、
母2　こんなことしません。
母1　本気です。（あやつられて切ろうとする）
母2　本気です。（あやつられて切ろうとする）

藺、やめて！　と叫ぶ。
と、母1、母2、男1、男2あやつられて静止。

藺　やめて、と私、叫ぼうとした。だけど声が出てこない。足も動かない。私のうしろで誰かが糸を引いて、私を地面に縫いつけてしまった。声まで喉の奥に縫いとじられてしまった。体の中で、両眼だけが自由だった。まぶたを開けても閉じても、どっちでもよかった。そうして私は、見たんだ。自分でまぶたを開けっ放しにして、見たんだ。見たくはなかったのに、見たんだ。

母1、あやつられて男1に近づく。母2、あやつられて男2から離れる。

母1　どうしますか？
母2　どうしますか？
男1　首、括りましょう。
男2　首、括りましょう。
母1　あんたが欲しい。
男1　あんたはいらない、あの子が欲しい。
男2　あんたが欲しい。
母2　あんたはいらない、あの子が欲しい。
母1　あの子が憎い。
男1　あの子が可愛いい。
男2　あの子が憎い。
母2　あの子が可愛いい。
母1　あの子どこの子　私の子。
母2　私の子故に　糸切れない。
母1・2　私の子故に　糸切りたい。

藺　林の中で心中があったと、みんなが言った。でも心中なんかじゃなかった。人ごろしだった。母さんとあの人は、林の中に入って、心中しようとして、それから男だけが死んだ。母さんが殺したんだ。……思い出した。私がここにきた訳を。

藺、膝をかかえて坐り込む。宙を凝視する。階下と階上の明かり、消える。藺の姿だけが、くっきりと浮かびあがる。

藺　ここは坂道の途中で、私、宙吊り。上にも下にも、行かれない。陽がさしているのに何だか薄暗い。霞が濃過ぎると、時々、こんなふうな光景になる。風がやんで、音が消えた。しんしんとしているんじゃなくて静まり返り、晴れたまんまで段々にあたりが暗くなってくるようだ。

藺、蘇った記憶から眼をそらそうとして語る。と、階段の一番上に現れる糸屋の主人の縄。

縄　思い出したのか？
藺　ええ。
縄　いつ？　どこで？　何が起きた？
藺　昔、家で、母さんとあの人が……。
縄　それを見たんだな？

藺　ええ。
縄　どうやって？
藺　眼を開けて、閉じた障子の中の出来事を見たと言うのか？
縄　えっ？
藺　おまえの眼は、開いていたろうが障子は、閉まっていた。
縄　開いてました！　私の眼も障子も、開いてたんです。
藺　閉まっていたんだよ。だから出来事はいつも二通りの光景で蘇ってくるんだ。
縄　母さんが、あの人に言い寄って、糸結ぼうとして出来なくて、殺した。
藺　母さんが、あの人に言い寄られて、糸結ばれようとして怖くて、殺した。
縄　……わからない……どっちだったのか……でも、
藺　でも？
縄　母さんは、あの人を殺した。林の中で。
藺　見たのか？
縄　聞きました。
藺　何も起こりはしなかった。おまえは、想像という名の糸にあやつられて、人形のように動いているだけだ。
縄　違う。

縄　母が憎いと妄想の糸を、自分で吐いて自分で紡いでがんじがらめにされて、上にもゆけず下にも行けず宙吊りになっている。それがおまえだ。
繭　違う。私は思い出したんだ。どうしてここへ来たのか、何故ここへ辿り着いたのか？
縄　どうしてだ？　何故だ？
繭　私は……、
縄　おまえは？
繭　（呟く）母さんを殺しに来た。糸を切りに来た。母さんは、あそこにいる。糸を紡いでいる。母さんが糸車まわすから、あたしは踊り出してしまうんだ。その糸を、切りに来たんだ。
縄　あそこには、一年分の女がいるぞ。誰がおまえの母親だと言うんだ？
繭　誰かが母さん。私の知ってる身の上話が母さん。結び玉ほどいて、私に思い出させてくれる人が母さん！

叫ぶと階下、明るくなる。

7　刺青の犬

薄々とした昼の明かりの中で糸をとる女たち。階段の繭、訊く。

繭　あんたは、私の母さん？

松　この間から、誰かがしきりと訊くのだけれど、私に訊いているのかしら？　私、母さんじゃありません。

繭　あんたは、私の母さん？

梅　耳の奥に、母さんと訊く蝿がいて、うるさくって仕方ない。私、母さんじゃありません。

繭　あんたは、私の母さん？

桜　馬鹿みたい。

繭　あんたは、私の母さん？

藤　どなたの顔さえ、みなうららの私、娘なんです。

繭　あんたは、私の母さん？

菖蒲　ひよこの母さん鶏で、鳥屋に売られて行きました。

繭　あんたは、私の母さん？

牡丹　隣の母さんまま母で、鼬に留守番、たのんでた。

繭　あんたは、私の母さん？

萩　母さんって何？
繭　あんたは、私の母さん？
月　私、ままごとの母さん。
繭　あんたは、私の母さん？
菊　どこかに、母さんがいたわ。
繭　あんたは、私の母さん？
紅葉　あんたが私の母さんです。
繭　あんたは、私の母さん？
雨　うるさいねえ、きょうは曇りで気がくさくさしているのに、母さんと呼ぶ声がしきりにきこえて、落ち着かない。私は女郎だよ。
繭　あんたは、私の母さん？
霧　母さん欲しけりゃ鏡をごらん。母さんはあんたと同じ速度で年とって、鏡にとじこめられてるよ。
繭　嘘ついてるんだわ。誰かが嘘ついてる。

と、現れるのっぺらぼう（実は糸屋の主人の縄）。

繭　誰か結び玉をほどいて。身の上話、して……（と階段から結縄を投げる。糸女の松、それをとり、ほどく）

のっぺらぼう、松の前に坐る。

松　昼あそびはできませんよ。今はまだ、陽ざかりで私たち、白い着物です。
縄　遊びに来たんじゃない。
松　それじゃ、糸買いに？
縄　身の上話を聞きに来た。
松　そんなもん、ここでは売ってません。ここで売るのは、糸に色。
縄　聞きたいんだ。
松　誰の身の上話を？
縄　おまえのだ。
松　そうですか？　……この結び玉、固くってほどけません……あっ！　……見えませんでした？
縄　何が？
松　身の上話が、飛び出した。
縄　見えなかった。
松　あれが私の、身の上話。
縄　もう一度、きかせてくれ。さっきのは、アッという間で見えもきこえもしなかった。
松　犬がね、いたんです。私の犬でした。その犬が……

縄　どうしたんだ？
松　死にました。
縄　なぜ死んだのだ？
松　男がね、家に来ました。それで私、犬を漬物樽に閉じこめたんです。犬が鳴いて、それがうるさいと、あの人が言うから……。まだ所帯を持つ前の、誰にも内緒の逢引きでした。
縄　おまえが自分で閉じこめたんだな。
松　はい。犬の声が気になると、あの人が言ったので、私、犬を漬物樽にとじこめて、それでも三十分置きには、見に行ってたんです。漬物石とりあげ、蓋持ち上げ、「もうすぐ出してあげるから」と——
縄　それから？
松　それから時間がたちました。
縄　それから？
松　それから男が帰りました。
縄　それから？
松　それから私がいました。はじめて抱かれてぼうっとしてる私が、いました。
縄　それから？
松　それから時計でした。コチコチ一分、コチコチ二分。みんなが帰ってくる。その前に着がえて……家の中が賑やかになる。その前に、知らん顔して。

縄　それから？

松　それから犬でした。犬を、漬物樽から出してやらなくちゃならない。私、庭に走り出ました……、いつもより暑かったんです。犬は待てなかったんです。三十分に一回の深呼吸が一時間、二時間、のびて、犬は待てなかったんです。小さな犬だったから、息できなくなって、死んだ……そう、そうやって私、犬を殺したんです。

　のっぺらぼう、繭を見る。繭は首を振る。「母さんじゃない」と呟く。と、のっぺらぼうは、松の手から結縄をとりあげ、糸女の梅に渡す。それをほどく梅。

梅　痛ッ！（と小さい悲鳴）

縄　どうしたんだ？

梅　頑固な結び玉でほどけやしない。それどころか爪が剥がれそうになった。（と、口に銜え、歯を使って、ほどく）痛！

縄　今度は、歯が折れそうになったか？

梅　糸縄が針になって、私をさした。思い出せと私をさした。

縄　きかせてくれ。身の上話をききたいんだ。

梅　男がいたんだ。それから梅の花がぽちりぽちりと咲いてた。紅い梅そう紅い……梅の花つぼみ……半びらき満開はらり一片さらり……二片ほろほろ三片四片、散る花弁それが、ええ五片六片

と散るのが惜しくって惜しくって、するとね、

縄　すると、男が言った。「残しな」と……、「残せばいい」と言ったんだ、なっ、そうだろう。

梅　(頷く。時間が混在して) どこにさ？　どこに梅の花、残せばいいのさ。

縄　肌に、おまえの、肌に花の盛りのその花を残せばいい。

と、のっぺらぼうの縄、糸女梅の着物を脱がせにかかる。されるがままになりながら、

梅　肌に、とあたし思って決めた。左の乳の真下に梅の花を一輪、風にさわやぐ、すうっと陽に咲く花を一輪、左の乳房のすぐ真下に咲かせてみたい。

のっぺらぼうの縄、露わになった梅の上体をみつめる。

縄　いいのか？　と男が訊いた。いいのか？

梅　いい、とあたし答えた。いいよ。

不意に梅、身をよじって叫ぶ。

梅　痛いッ！　痛いッ！　痛いッ！　……そりゃあ痛い一針……二針……三針刺され刺される内に肉

は血を含んで脹れ上がりふっふっと血の玉が盛り上ってはじける。ぷつんぷつり、と針ぷつりぷつんと、血玉……

縄　毒を体に注ぎこむんだ。悲鳴もあがるだろうさ、うめいて叫ぶだろうさ。

梅　(不意にうっとりとして甘やかに) 痛い……痛い痛い痛い……イ・タ・イ……だけどね、気遠くなるような痛みを耐え通し、我慢し通してしばらくすると……

縄　すると、変わってくる。

梅　ええ。酔いがひたひた、ひたひた体の奥の芯の底から、湧いてくる。

縄　酔いが小波で

梅　その内嵐で

縄　痛みが

梅　酔いが

縄　押し寄せ返し

梅　寄せては返し……わたし、痛みとつながってしまったんです。見えない糸でつなぎとめられてしまったんです。

酔いの色を残して着物を着直す。のっぺらぼうは繭を見る。

繭　違う！　母さんは犬を殺さなかった、刺青もしなかった、霧の中で男の首しめなかったし、雨の日に出かけもしなかった。誰かが嘘ついてる。誰が母さん？　誰かが母さん！　みんなもっともっと身の上話して、私にきかせて！

のっぺらぼうの縄、立ち上がる。仮面を剥ぐ。

縄　赤い着物に着替える時間だ。早くしろ！

暗転。

8　冬風

闇の中に流れていた「女工哀歌」のメロディ、高まって、突然ぷっつりと切断される。と同時に平手打ちの明かり。

見ると階上、階下には赤い着物の八人の糸女たちが少女娼婦と化して立っている。藁が「可愛いいねえ」と右手の糸を引くと、糸女の藤、笑う。「きれいだねえ」と左手の糸を引くと、糸女の菖蒲、辞儀する。テグスが「いとしいねえ」と右手の糸を持ち上げると、糸女の牡丹、頷く。「やさしいねえ」と左手の糸を持ち上げると、糸女の萩、眼を閉じる。紐が「素直だねえ」と右手の糸を下げると、糸女の月、右手を上げてさし招く。「ウブだねえ」と左手の糸を下げると、糸女の菊、はにかんで舌を出す。水引が「純情だねえ」と右手を振ると、糸女の紅葉、胸を抱きしめる。「いい子だねえ」と左手を突き出すと、糸女の桜、ジロリと睨んだきり、何もしない。それを見て、

藁　糸をたるませて、どうなるんだ？

テグス　新入り！

紐　ノロマ！

藁　糸を引くんだよ。こうだ、ホレッ！（と引いてみせる。と、藤が）

藤　いらっしゃいませ。

テグス　でなけりゃ、こうだ、ホレッ！（と糸を持ち上げてみせる。と、萩が）

萩　歌いますか？　踊りますか？
紐　もうひとつ手本だ。ホレッ！（と糸を下げてみせる。と、月が）
月　私は三円五十銭です。
藁　やってみな。
テグス　ホレッ！

掛け声をかけると、藁、テグス、紐それに水引の右手は、一斉に糸を張り、彼等にあやつられる糸女たちは揃ってクルリとうしろを向く。が、水引の左手は宙に突き出され、糸女の桜、ジロリ。

桜　ヘタッ！
水引　すいません。
桜　ドジ！
水引　がんばります。

藁、放っとけ、と糸をあやつって藤と菖蒲を振り向かせる。

藁　赤い着物の夜だよ。
藤　ハイ。

藁　夜にはどうするか、教えたな。
菖蒲　ハイ。

テグス、糸をあやつって牡丹と萩を振り向かせる。

テグス　礼儀作法は覚えたな。
牡丹　ハイ。
テグス　間違えたら、飯抜きだぞ。
萩　ハイ。

紐、糸をあやつって月と菊を振り向かせる。

紐　客という奴、身の上話を聞きたがる。
月　ハイ。
紐　ちゃんと一つずつ用意してあるな？

訊くと、藤、菖蒲、牡丹、萩、月、菊、揃って「ハイ」と答える。

桜　馬鹿みたいだわ。
水引　努力します。
桜　私、とっくに身の上話を用意してあるのよ。
水引　ハイ。
テグス　放っとけ。
紐　新入り同士、そこで稽古してろ。
藁　それよりこっちの（と軽く二、三度糸を引くと、藤、足で石蹴りの仕草）、ひとつ出たホイの、身の上話だ。言ってみな。

藤、頷き話しはじめる。

藤　あの人と夜遊びで、帰った朝に熱だしたんです。そうしたらね、父さんが言った。
藁　夜遊び火遊び熱の素《もと》、熱の侏儒に責められて、さっさと地獄へ墜ちろ。
藤　あたし思いました。父さん嫌い、熱怖い。だからあたし、真っ黒に呪って出ました。死ね死ね死ね父さん、死ね死ね父さん、死ね死ね死ね死ね死ね、南無阿弥陀仏、憎い父さん馬鹿父さん、死ね死ね父さん阿呆鳥　死ね死ね死ね死ね死ね、死ね父さん。すると、
藁　死んだか？
藤　父さんが死ぬと家のまわりは蛇ばかり。そうしたら、あの人、気味が悪いと言うんです。おまえ

藻　には、蛇の匂いがする。……みんなも、言うんです。

藻　（呼び込みのように）ホラホラホラホラ、蛇娘が通る。明日は葬式が出る。あの子どこの子蛇娘。純情可憐の鱗が光る。

藤　でも、あたしは蛇にならなかった。その代わり……

藻　その代わり？　何だって言うんだ。

藤　あたしを抱くと、あんた蛇になる。ホラ、尻っ尾だ。ホラ、鱗……、

藻、やめろ、と糸をはなす。クタクタと崩れ落ちる藤。

藻　あとで折檻してやる。（と、左手の糸を引いて）おまえの番だ。言ってみな。

菖蒲　出来心、だった。あの人と釣り舟に乗って、イカをとっていた。海は、夜の虫が集まって、ギラギラと青光りしてた。それから月が出てた。海の底まで突き抜ける満月。肺にしみ通る息をして、そう深呼吸して、その時だった。アッ！　イカが糸を引っ張った。危ないッ！　と、手を放し、すると、魚だった。イカじゃなかった。銀の鱗をきらめかせる、大きい魚、大きな魚。どうしよう？　あたしはウロタエた。あの人は、そうあの人は、黙って私を見た。だから、あたしも見返した。魚は、まぶたのない魚の眼で、あの人をあたしを、見た。

藻　それで？

菖蒲　私……

藁　どうしたんだ？
菖蒲　あの人を突いた。突き落とした。腹のへった魚の御馳走にしたんだ。こんなふうに……こうやって……（と藁に近づく）
藁　やめろ！

と、糸をはなす。クタクタと崩れ折れる菖蒲。

テグス　聞いたこともない身の上話だ……冗談じゃない……。
藁　何か、おかしい。
紐　どこか、おかしい。
藁　俺たちが教えた身の上話と同じようだが、よく聞いてみると、まるで違っている。そればかりか……、
テグス　そればかりか？　どうしたんだ。
藁　俺まであいつ等の身の上話のなかに巻きこまれちまった。おいッ。
紐　何だ？
藁　俺のうしろを見てくれ。うしろの正面に誰かいるんじゃ？
テグス　（藁のうしろを見）誰もいない。いるのは影法師だけだ。
藁　（しきりにうしろを気にし）ほんとに誰もいないな。

紐　いない。
藁　誰も俺をあやつってないな。
テグス　大丈夫だ。気のせいだよ。
藁　ならいいが。
テグス　今度は、俺が喋らせてみる。ホレッ、身の上話を言ってみな。
牡丹　私、十二歳だった。砂場で遊んでいたの。そうしたら、あの人がきた。あの人は大きくて、それから、
テグス　それから？
牡丹　男だったわ。男が訊いた。
テグス　「おじさんと喧嘩できるかね？」
牡丹　できるわ。
テグス　男がまた訊いた。「どんなふうに、喧嘩できるかね？」
牡丹　いろんなふうによ、と私、答えた。すると、
テグス　たとえば？　と、男が訊いた。
牡丹　もし、人の首を締めたら、どうなるかしら？　って、私、訊いた。死ぬかしら？　すると、あの人は言ったわ。
テグス　「やってごらん」
牡丹　うん、と私答えたわ。それから、

テグス　それから？
牡丹　私、首を締めました。あの人の顔、紫色になって、でも、笑っていたわ。それでそう、あの人、言った。「気持ちいいよ」と。それが最後の言葉だった。……（不意に淫らに）ねえ、やってみる？　気持ちよくなってみる？（すりよってくる）
テグス　よせッ、気持ち悪いッ！

と、糸をはなす。崩れ折れる牡丹。

テグス　一体、どうしたって言うんだ。オイッ、おまえだ。言ってみな。
萩　嘘をついたの、あの人だった。お祭りに連れて行ってくれると、約束して、その約束破ったら、どうする？　と私、訊いた。どうしますか？
テグス　「嘘をつくのは舌のせい。（と舌をベロリと出して見せ）こいつが悪いんだ。だから……」
萩　だから？
テグス　「この舌を切っていい」
萩　鋏で？
テグス　「そう、鋏。嘘をついたら、鋏で俺の舌を切りな。ぶつりと切りな」
萩　そう言って約束したのに、あの人、私をお祭に連れて行ってくれなくて、嘘ついた。母さんの針箱には鋏があった。だから、それを取り出して、私、鋏の刃をピカピカに磨いた。錆びてたら、

あの人の舌が痛いだろうと思ったから、よく切れるように、ピカピカに磨いて、それから、

テグス　それから？

萩　ぶつりと切りました。あの人、今も唖のまま……。

テグス　何てこと言うんだッ！

と、糸をはなす。クタクタと崩れる萩。

テグス　（薄気味悪くなる）どうする？

藁　わからん。

紐　もう一人だけ、試してみるか？

テグス　そいつも、俺たちがきいたこともない身の上話を話したら？

藁　そん時は、おまえ……。

紐　どうする？

藁　消毒だ。消毒する。殺虫剤をふりかけて陽に当ててかわかす。こいつらは、虫がついたんだよ。でなけりゃカビが生えたんだ。（紐に）オイッ！　もう一人だけ、試してみるとしようぜ。

紐　そうだな……南無阿弥陀仏……と、ホレッ！　身の上話をしてみな。

月　あの人、窓しめた。あたしが、お月さまがこわれるから、窓しめないでって頼んだのに、あの人、窓をしめたわ。窓開けたまま、船に乗せて、と頼んだのに、連れて行って、と言ったのに。窓を

閉めると、部屋の中が生臭くなって、息苦しくって汗びっしょり。私、お月さま見たかった。本当に本気で見たかった。だから、

紐　だから？

月　私、あの人殺して窓開けた。

紐　こいつもだッ！

と、手をはなす。崩れる月。

藁　これで決ったな。

テグス　消毒だ。

男たち、顔を見合わせる。と、

桜　私、まだ身の上話をしてないわ。

藁　おまえには、まだ教えてないだろうが。

桜　何を？

テグス　身の上話。

紐　教えてもないのに話せる訳ないでしょう。

桜　馬鹿みたい。
紐　えっ？
桜　私は、六二〇五個の身の上話を持ってるわ。
藁　六二〇五個？
テグス　どこからはじき出した数字だ？
桜　一年は三六五日よ。一日一個身の上話が出来上がるとして、私は今十七だから、三六五日×十七年で六二〇五個。それだけ身の上話を持っているって訳よ、おじさん。
藁　（水引に）オイッ、こいつを黙らせろ。
水引　ハイッ！（答えるが、糸がもつれる）
桜　かなりドジね。
水引　すいません。
桜　糸がほどけるまで、身の上話をしてあげるわ。
水引　どんな身の上話なんです？
桜　おじさんがいたのよ。おじさんはオマワリで、とても暇そうで、私も浮き浮きと暇だった。だから、
水引　だから、どうしたんです。
桜　おじさんに聞いたわ。おじさん、お酒のみますか、ホラッ、お酒。
水引　（「おじさん」になって首を振る）

桜　どうして飲まないんですか？　盃もあります。ホラッ！（と渡す）おじさんが飲んで、それからあたしが飲んで、おじさんが又飲んで、それからあたしが又飲んで、おじさん、あたし、やったり取ったりの三々九度みたいに、おじさん……飲んで。

水引　いただきます。（と、飲む）

桜　ははは……（狂笑）おじさんが酒飲んだ。毒の入った（水引、のたうつ）酒飲んで死んだ！（水引、倒れ伏す）死んで流れた血が一升……あたしは白無垢角隠し、花嫁衣裳が血まみれだ……ははは……ははは……今夜は祝言ひなまつり、おじさん殺して白酒飲んで、明日天気に、なあれ！……（不意に笑いをおさめ、挑むように）これが私の身の上話です。

藁、倒れている水引を蹴飛ばし

藁　どうにかしろ。

水引　ハイッ！

テグス　糸をはなせッ！

水引　ハイッ！

慌てて糸をはなす。と桜、ジロリと水引を睨んで崩れる。

藻　だから、俺は反対だったんだよ。

テグス　何が？

藻　こいつには（と桜を蹴り）戸籍がある。

紐　間違いなくあります。東京府下吾嬬町大字亀戸五番地、中村丑太郎七女モヨ、というのが戸籍です。おまけに、生年月日までわかっている。大正十一年一月一日、というのがそうです。今は昭和十四年だから、間違いなく十七歳ということになる。

藻　戸籍のある小娘をまぜたりしたから、身の上話が狂ったんだ。

テグス　しかし、

藻　何だ？

テグス　こいつは三月桜になりたくて、三日三晩、糸屋の前で泣いていた。

紐　戸籍をまるごと俺に預けもした。ニッポンの正しい就籍係の、この私に、です。

藻　こいつでないとすりゃ、一体誰が身の上話を持ち込んだんだ？

テグス　ひょっとすると、

紐　えっ？

テグス　あいつだ……月のない夜に、海からずぶ濡れで、

藻　穴だらけの袋みたいに言葉をこぼしちまう小娘。

男たち、黙る。しばらくして、

藁　消毒だ！（叫ぶ）

いきなり流れ込んでくる音楽「浅い川」。と、倒れていた糸女たち、はじかれたように踊り出す。男たち、「浅い川なら裾だけまくれ」と囃す。すると糸女たち、赤い着物の裾をまくる。「深い川なら膝までまくれ」と男たちが囃すと、膝までまくって踊る。

不意に一陣のつむじ風。電線を鳴らして駈け抜ける。と糸女たち、静止。急激に闇。暗黒の中に残像をのこして明かりが消えると、蠟燭がともる。「母」と書かれたお面をかぶった四人の女たちが蠟燭を提灯に入れる。と、その提灯にも「母」と書かれ、その一文字が闇に浮かびあがる。又、蠟燭がともる。「父」と書いたお面をつけた四人の男たちがいる。「父」の提灯をぶら下げている。

母1　迷い子やーい。

父1　迷い子やーい。

と物哀しく呼んで、少女娼婦のまま人形と化している糸女たちの中に「娘」を探しあるく。

母2　行方不明の娘やーい。

父2　神隠しの我が子やーい。
母3　家出娘やーい。
父3　消えた我が子やーい。
母4　あの子やーい。
父4　我が子やーい。

一人ずつ糸女たちを照らしてゆくが我が子はいない。糸女たちは、我が子ではないとわかる度に去ってゆき、「母」四人だけが残る。

と、身を寄せ合った四人の上に、明かりがともる。四人の「母」は、さみしい〈家の光〉の下でお面を剥ぐ。と、糸女の松、梅、雨、霧である。

松　わたしたち
梅　母だったことがある
雨　母だったことの記憶がある
霧　風が吹くと、記憶がよみがえってくる
松　風は、
梅・雨・霧　（松を見る）ええ、
松　冬風

梅・雨・霧　ええ冬風　冬の風
松　ひとしきり吹いて
梅　何もかも土に帰る　風
雨　いいえ　舞って　運んで
霧　誘う風　冬風
松　冬の風は海に似ている
梅　深いところがあって
雨　浅瀬がある
霧　冬風のなかに競い流れる潮がある
松　引き潮のときがあって
梅　虚ろに泡立つ記憶があるかと思えば
雨　満ち潮のときがあって
霧　ひたひたとよろこびが押しよせてもくる
四人　風吹くな冬風吹くな冬の風
松　風が吹く　寒い
梅　風が吹く　寒い
雨　冬の風が吹く　寒い
霧　冬風が吹く　寒い

松　胃袋の中で　冬風が丸まっている
梅　皮膚の裏側に　冬の風が貼りついている
雨　心の臓には冬風が突き刺さり
霧　背骨をゆがめて冬の風が居坐る
松　人も獣も天地の虫と
梅・雨・霧　冬風が吹く風が吹く
梅　思い出せと命じるように
松・雨・霧　冬風が吹く風が吹く
雨　吹きすぎて、ええ風が冬風が
霧　ええ吹きすぎて昔がひとつ
松　わたし、母だったことがある
梅　わたしも母だったことがある
雨　わたしたち、母だったことがある
霧　冬の風に子種を植えつけられた
四人　母だったことがある　風を孕んだ記憶がある　風を産んだ記憶がある
松　冬の風が
梅　ええ冬風が
雨　吹いてきた

霧《きり》荒れて風　冬風

溶暗――。と闇の中で、母さんだ！　あんたが母さんだ、叫ぶ繭の声、暗黒を切り裂いて響く。

9　糸引き糸切り

暗黒の中で時計が秒を刻む。その音につれて明るくなると階下には糸女の雨と繭、階段には、のっぺらぼうのお面をつけた糸屋の主人の縄。

糸女の雨（実は繭の母）と繭は、一本の赤糸の両端をそれぞれ手に持ち、対座している。二人は、対話しながら、その糸を引き合い、眼に見えぬ程ゆっくりとした速度で近づいてゆくのである。繭と母は片時も相手から眼をはなさず、話しはじめ話しつづける。

母　ここには時間だけが、たっぷりとある。時計がないからね。世間という名の家の外から薄明かりがさしてきて朝がひらけても、眠りは貝のように堅い。いつか昼がすぎても、今日はきのうのつづきで、変わってゆくのは陽ざしばかり。ようやく眠りが破れた時にはもう次の夜にすべりこんで行こうとする夕方……居心地のよいところさ、ここは。

繭　母さん。

母　そう、母さんだ。

繭　私は、あなたの娘です。

母　仏壇の奥を開けてみたかい？

繭　何もなかった。

母　そう、何もない筈。林のように並んだ位牌のうしろには、家系図が喰い込んでいたのさ。あたしはそれを持って出た。

繭　イエを？

母　そう家を出た。

繭　なぜ？

母　家系図を飼いごろしにしておくのも、私で最後と思ったのさ。

繭　だったら、私は？

母　おまえはゼロだ。気が楽になるゼロ。

繭　母さんが家系図を持っていったから、昔を辿っても灰ばかり。一面に灰が降って、眼を開けているのに闇。私……

母　何だい？

繭　風を頼んだわ。……風は吹いた。風が灰に一筋の隙間を作った。風の向こうに糸が見えた。風に連れられて私、イエを出た。糸の道歩いてここに来た。恨み憎みの風袋ふくらませて、来た。

母　袋という袋は、全部縫い閉じたと思っていたよ。

繭　封じた袋は必ず破れるんです。

母　馬鹿な娘だ。折角、二度孕んでやったのに、二度産んでやったのに。

繭　二度？

母　一度目は女の腹の中で孕んで、家に産み落とし、二度目は家を腹に孕んで、世間に産んでやったのさ。

藺　二人の私は要らないわ。

母　おまえは、いつだって一人だよ。……どうやって私を探したんだい？　身の上話を聞いたから？

藺　言葉では何も思い出せない。

母　だったら、どうやって？

藺　匂い。

母　えっ？

藺　匂いです。母さん。風の底に濃い匂いがうずくまっていて、その匂いを嗅いだら、とたんに煙が湧いたみたいに、昔と母さんを思い出した。

母　犬の子だね、まるで。

藺　匂いが私に教えてくれた。母さんは二度あたしを裏切ったと。すべり出しはニセの裏切りで仕上げはホントの裏切りだと。

母　ニセの裏切り？

藺　私を産んで

母　ホントの裏切り？

藺　私を捨てた。

母　できごとさ。……この糸を御覧。これはできごとの糸。

藺　見えます、母さん。（と指で糸を辿り）ここが花見の、ここが七夕。

母　なつかしさばかり、ゆらぎ立つ。

藹　（母を凝視し）それから、ここが……、
母　ここが？
藹　裏切り。

いつの間にか二人はじりじりとにじり寄り、顔が触れ合う間近に来ている。じっと顔を見合わせ、母、糸を捨てて立ち上がる。藹は糸を持ったまま坐っている。

母　何しにここへ？
藹　母さんを殺しに。
母　何故？
藹　女だから。
母　誰が？
藹　母さんが。……あの人は、私の男でした。その男を母さんが奪《と》って、殺して、私を捨てました。
母　（糸を拾い、見つめ）こんなふうに捨てたのさ。

捨てかかる瞬間、不意に立ち上がって糸を引く藹。よろめく母。

藹　つながった！（叫ぶ）縁の糸を切るために、つなげた。母さんが捨てた前世の糸を娘の私がつな

いで縛り、がんじがらめの蓮華縄、編んで結んで葬式だ。

二人、糸を引き合う。

繭　見てごらん母さん。この糸縄は、あんたの人生。時間が手ずれさせた糸、使い尽くされてすり減った縄。みにくいできごとで瘤だらけのこの糸縄で、首締められて、死んで、母さん。

母　女の体は生きている間の遺産だ。あたしはそれを、あたしの母さんから貰って使い、使い果たして、おまえという結び玉を作った。おまえに体を与えてやった。形身分けは、もうすんでるんだよ。

繭　でも戸籍はくれなかった。家系図は、母さんが持って逃げた。

母　家系図に載っているのは、母ばかりだ。あたしの母の母の母の母の……何代さかのぼっても母の顔ばかり。母には戸籍がない。

繭　あんたにも？

母　ないよ。代々生きざらしの血の糸がおまえにまでつながっているだけだよ。そしてその血の背後には、いつだって顔のない父親がいる。うしろの正面を見てごらん！

思わずふりかえる繭。のっぺらぼうに向かい、

藺　あんたは誰？
縄　のっぺらぼうのできごとだ。さあ、やりかけていたことをつづけろ！　殺すがいい。恨みで母を殺すがいい。

と、糸を引く。くるりとふりかえる藺。奔流のようになだれ込んでくる「般若心経」。現れる男たち、藺をあやつる。あやつられて藺、母を〈殺す〉。絶ち切られる音楽。藺、糸屑のかたまりのように伏している母に近づく。

藺　（呆然と）糸が切れた……こんなに糸屑のかたまり……（母を抱き起こす）
母　私を殺しても、血は消えやしない。くりかえされるばかりだ。
藺　なぜ？
母　まだ気がつかないのかい？
藺　何？
母　おまえも、もう孕んでいるんだよ。
藺　（体を硬張らせる）嘘！　（母の体を床に捨てる）

立ち上がる藺、よろよろとあとじさりして、階段に行く。現れる糸女の松、梅、霧。

繭　母さんの眼が黒々と光って、底なし沼がひろがっていた。あたしはその沼の中に母たちの顔を見た。蠟細工のように溶けかかった死に顔がしらじらと浮いて、やさしく笑っていた。そこには母さんの顔もあって、私の顔もあった。そこは、糸地獄……女たちの死に顔はぷつぷつと糸を吐いて、顔のない男をからめとり、からめとられていた。ひそやかにひそやかに息ずいている小さな死に顔があって、私が吐いた糸に結ばれていた。孕んでいる？　そう、孕んでいる。

階段の途中まであとじさりしてのぼった繭、立ちすくむ。そこから、母さん、と呼びかける。三人の糸女、母の亡骸をかこむ。

繭　母さんが、まだ匂っている。風が匂いを吹きこんでくる。

三人の糸女、「春風……」と呟く。

松　春三月　ひなまつりは　春
梅　盃に　罪が浮きます　春
霧　歌いますか？　花は名無しの　春
松　花に名は　あります　桜
梅　悔いますな　散ります　桜

霧　暦断ち　しますよの　乱れます　桜
松　白酒　いかが？（酒を注ぐ仕草）
梅　早すぎませんか（酒を受ける仕草）
霧　真似ごとですよ（酒を飲む仕草）

三人、盃を干す。吐息して。

松　生臭い風　春の風　春風
梅　艶めいて風　春の風　春風
霧　息の匂いの風　春の風　春風
松　春風がね　裾から入りますと
梅　肌と着物の間で　ぬくめられて
霧　乳と乳の間を通って
松　胸元から　立ちのぼるときは
梅　少しばかり　汗の匂い
霧　ほんのわずか　肉の匂い
松　白酒　もう一杯　いかが？（注ぐ）
梅　ほんの　ちょっとね（受ける）

霧　ええ　ちょっとだけ（飲む）
松　酔心地　とろりの白酒　飲みますとね
梅　白酒の匂い　いかがわしくて
霧　男の残り香に　よく似て
松　胃の腑が　もぞり　動きます
梅　足の裏が　ふふ　こそばゆいです
霧　嘘ばっかり　ゆれるのは　あそこ
松　あそこ
梅　あそこ
霧　ええ　あそこ
松　どのくらい　嘘ついたかしら
梅　山程　海程　嘘の数
霧　重ねてきた　女暦の
三人　身の上話の　嘘の数

階下、溶暗し、階段にとり残される繭。そのうしろには、糸屋の主人の縄がいる。

繭　陽に乾いた一本道に女たちがいる。私がいて、私の母さんがいる。母さんのうしろには母さんの母さん、そのうしろには母さんの母さんの母さん……母さんがどこまでもつづいている。数珠つなぎの母さんたちの体と体を一本の糸がつないでいる。その糸を切れと母さんたちが私に言う。うしろのうしろのうしろの正面、そこにいるのは、（繭、うしろを向きながら）のっぺらぼうのあんただ。（鋏をとり出し、かざす）私の鋏は、ふところに隠れたきりで荒い風に吹かれたこともなかったから、何かを刺すとすれば私の体を刺すしかないだろうと思っていた。でも、母さんたちが私に命じる。糸を切って、と私に言っている。うしろの正面で糸をあやつる、のっぺらぼうを盲にしろと。

暗転。

10　糸地獄

階上、繭がいる。階下、糸屋の主人の縄がいる。

縄　そうだ。俺があやってきた。戸籍のない女たちを集め、家と言う名の国をつくって糸を売らせ、色を売らせた。

繭　何故、何のため？

縄　生きのびるため、戸籍という道しるべを倒し、俺という生きものが巡りつづけるため。俺は糸屋の主人の縄、四方八方に糸を張りめぐらし、あやつり、至福千年王国一夜だ。もうひとつの王国は、死に急いでいるが、俺の糸屋は肉の匂いで満ちあふれている。俺は杭を打つ、糸を張る。そうやって拡げてゆく。ふやしてゆく。俺の糸の中にからめとってゆく。ここは、俺の町だ。

繭　どこに町があるの？　どこに、あんたの王国があるの？　ここはたった今、あの世に変わったばかり。そしてあんたは迷いこんできた盲男だ。あんたの作った糸屋は消えた。

縄　俺の眼をどうした？

繭　縫い閉じた。あんたの瞼はもう裏返った。女たちのうしろにいた顔なしののっぺらぼう。女たちの男のあんた。女たちの父親。あやってきたあんたのまわりに糸百本。五体を糸にかがられて、あんたは吊られて地獄に落ちる。

現れる糸女たち、主人をあやつる。現れてくる、藁、テグス、紐、水引、糸女たちに引かれてのたうつ。なだれ込んでくる音楽。糸の引き合いを眺めおろし、

藺　あんたは、あんたあんた自身の糸の宙吊り、そのままで墜ちてゆくんだ。他人の中にまぎれこんでゆくがいい。そして知るがいいんだ。人は誰でも他人の黒衣。操っていると思っても、操られている。阿呆のからくり糸車。糸巻車を体に持って、あんたを巻いて巻きとってあたしは、のぼってゆく天国のてっぺん。

言うなり階上から、一本の糸を手に身を躍らせる藺。と同時に糸屋の主人は、宙吊りになる。女たちの中に、すっくりと立つ藺。「吹いてよ、風!」と叫ぶ。

風が吹いてくる。明かりは風のように点滅し、女たちは自身風となって狂乱する。

藺　吹いて風吹いて、吹いて吹いて吹いて風! 手加減も逡巡《ためら》いも戸惑いも労りも優しさも、いらないから風、吹いて。吹いて吹いて吹いて風!
ふきちらして、よ
ふきたおして、よ
ふきちぎって、よ

暗さを知らずに哀しさ知らず、縁の糸を切ってしまったんだ。だからもういらない。命いらない風欲しい。
あたしは手まりてんてん手まり。五月の風に誘われて、身はかろがろと地をはずみ、あとは行方を夢の架け橋！

暗転――。

そして再び明かりが点くと、そこは糸屋。繭を中心に糸女たち、糸巻をまわしている。糸女の松が、ふっと口を開く。

松　生きて、しまったのです。ついうっかりと生きてしまったのです。人も獣も天地の虫、と、生きてしまいましたわ年、とりましたわ皺、ふえて髪は白黒斑らの、老いは無残と、わかってはいるのですけれどね……。

吐息する。と糸女の梅、口を開く。

梅　だのにまだ、生きております息、しております。

吐息する。と糸女の霧、口を開く。

霧　いつ……ええそう……いつ、風が吹くか風、吹くか風、吹いてくれるかと……（吐息）
松　ええそう……思い暮らしてそれからそれと日が重なって今では……（吐息）
梅　今、では……吹くんです風、風が吹くんです。風が風がね、吹きますあたしの……（吐息）
霧　体の中心で……風です（吐息）

ゆったりと糸車をまわす繭。

繭　きこえませんか？　風です。余り風を、ええ風をね、体に溜めると、私がふくらむものですからね、ときどきふっと溜め息ついて風を逃がしてやるんです、私。するとね、ほんの少し、体が軽くなるんです、私。
こんなふうにです、ホッ……（風を吐くと、糸女たち、揃って風を吐く）
こんなふうにも、です、ひゅう（風を吐くと、糸女たち、揃って風を吐く）
少しずつ少しずつ、ほんの少しずつ、風を逃して息吐いて、わたし、他の人よりもゆっくりと死んでゆく一人の、おんな。

糸女たち、ひゅう、ひゅうと風を吐きつづける。と、糸女の松、アッ！　と叫ぶと、他の糸女たち、揃って松を見る。

梅　アッ！（叫ぶと、他の糸女たち、揃って梅を見る）
霧　アッ！（叫ぶと、他の糸女たち、揃って霧を見る）
繭　アッ！（叫ぶと、他の糸女たち、揃って繭を見る）
松　糸がもつれた。
梅　こんがらかった。
霧　糸がもつれるのは、
繭　誰かくる知らせ。
松　嬉しいねえ。
梅　楽しいねえ。
霧　賑やかになるねえ。
繭　いまじゃ誰もが自分の主人。仲間はずれにしちゃいけないよ。

ひっそりと笑う。その笑いが小波のように糸女たちのなかに拡がってゆく。と、階上に明かりが入る。
そこに一人の女（糸女の雨が演じる）

女　たった今、眼が覚めて、ここにいる。ここは、どこ？（と階下を見おろし）イエがある。糸屋と書いてある。……糸屋へ行く道は？

藺　まっすぐお下りなさんせ。
女　糸屋へ行く道は？
松　まっすぐお下りなさんせ。
女　糸屋へ行く道は？
梅　まっすぐお下りなさんせ。
女　糸屋へ行く道は？
霧　まっすぐお下りなさんせ。

訊き、答えるにつれて溶暗してゆく。

料理人

■登場人物

男1
男2
男3
男4
男5
男6
男7
男8
女1
女2
女3
女4
女5
女6
女7
女8
女9

プロローグ

空中には、数十枚の、大小さまざまな銀の皿が吊られ、照明の光を射返している。

月夜に、海月たちが浮遊する海の底のようにも、月が増殖した地上の廃墟のようにも見える。

そこに、かがみこんで、両腕を内側から両膝のうしろにまわし、両足の甲に、手首を乗せた形の、空腹者たちの群れが一人また一人と現れてくる。

彼等の掌には、さまざまな食べ物がある。空腹者たちは、しばらく無言でうろつきまわっているが、やがて、

全員　あ。

と叫ぶ。すると、

男1　アンパン。
全員　い。
女1　イチゴ。
全員　う。
男2　梅干。

全員　え。
女2　枝豆。
全員　お。
男3　オレンジ。
全員　か。
女3　牡蠣。
全員　き。
男4　きなこ。
全員　く。
女4　栗。
全員　け。
男5　毛蟹。
全員　こ。
女5　米。
全員　さ。
男6　刺身。
全員　し。
女6　椎茸。

全員　す。
男7　寿司。
全員　せ。
女7　セロリ。
全員　そ。
男8　蕎麦。
全員　た。
女8　筍。
全員　ち。
男1　粽。
全員　つ。
女9　漬物。
全員　て。
男2　天丼。
全員　と。
女1　鳥肉。
全員　な。
男3　納豆。

全員　に。
女2　肉。
全員　ぬ。
男4　ぬかみそ。
全員　ね。
女3　葱。
全員　の。
男5　海苔。
全員　は。
女4　白菜。
全員　ひ。
男6　干物。
全員　ふ。
女5　福神漬。
全員　へ。
男7　蛇。
全員　ほ。
女6　菠薐草。

全員　ま。
男8　マグロ。
全員　み。
女7　みかん。
全員　む。
男1　麦。
全員　め。
女8　目刺し。
全員　も。
男2　もやし。
全員　や。
女9　焼ソバ。
全員　ゆ。
男3　百合根。
全員　よ。
女1　羊羹。
全員　ら。
男4　ラーメン。

全員　り。
女2　りんご。
全員　る。
男5　ルイベ。
全員　れ。
女3　蓮根。
全員　ろ。
男6　ロースト・ビーフ。
全員　わ。
女4　ワカメ。

不意にサイレンが鳴る。

空腹者たち、慌てて奇形的な形のまま逃げ去り、男1・2・3・4と女1の五人が残る。

五人は、体をのばして立ち上がると腰に下げていた袋に、手にしていた食べ物をしまい、話しはじめる。

1

男1、テーブルを運んで来ながら、自信ありげに、

男1 猫、です。

断言する。

男2、男1と共にテーブルを運んで来ながら、自信なげに、

男2 人……だと聞きましたが……。

男3、椅子を二つ運びながら、自信ありげに、

男3 人、です。

断言する。

男4、椅子を二つ運びながら、自信なげに、

男4　猫……だと聞きましたが。

男1、テーブルを所定の位置に置きながら、自信ありげに、

男1　猫、です。

断言する。

男2、男1と共にテーブルを置きながら、自信なげに、

男2　人……だと聞きましたが……。

男3、椅子を置きながら、自信ありげに、

男3　人、です。

断言する。

男4、椅子を置きながら、自信なげに、

男4　猫……だと聞きましたが……。
男1、椅子に座りながら、自信ありげに、
男1　猫、です。
男2、椅子に座りながら、自信なげに、
男2　人……だと聞きましたが……。
男3、椅子に座りながら、自信ありげに、
男3　人、です。
男4、椅子に座りながら、自信なげに、
男4　猫……だと聞きましたが……。

と、その間に自分専用の車椅子を運んできて座っていた女1が、

女1　象よ。

男たち　象？

男たち、揃って女を見る。

女1　象よ。

平然としている。

男4　ゾーッ。

男1・2・3、明らかに馬鹿にして男4を見る。男4、ヘッヘッと笑ってごまかす。

女1、無関心に。

女1　象だったのよ。象だったわ。象は鼻ね。象の、鼻……。

うっとりする。

男たち　象の鼻。
男1　長い。
男2　太い。
男3　重い。

男4、しばらく考えこんでいるが、突然

〽象さん　象さん
お鼻が長いのね
そうよ　母さんも
長いのよ

と、歌う。

男1　話を戻しませんか。
男2　私は、人……だと聞きました。

男3　人、です。
男4　猫……だと聞きましたが。
男1　猫、です。名前はブンザエモンと言いました。ブンザエモンなぞと言う名前の人間が今時存在すると思いますか？　猫ですよ、当然。

男4、拍手する。

男3　しかし、ですよ。猫を××たりしますか？
男1　します。
男2　あんた××たんですか？
男1　私は××てませんよ。だが、聞いたことはある。それに、人間を××たりしたら、これはもう、大変なことだ。
男4　犯罪です。××なくたっても、犯罪だ。生きたまま××る、という訳にはいかんでしょう。まず、殺さなくちゃならん。
男2　私は昔、生きたままの海老を××たことがありますよ。それから、生きたままの白魚も××ました。
男1　白魚は、（と、指で大きさを示し）こんなもんでしょう。海老は、このくらいだ。しかし人間は、こんなだ。それを生きたまま××たりしませんよ。

男3　赤ん坊だったら、どうです？
男4　赤ん坊なら、可能でしょう。
男2　しかし、赤ん坊を生きたまま××るというのは、私、趣味じゃないですね。
男1　あんたの趣味を聞いてやしません。話題は××られたのは、人か猫か、ということですよ。

女1、いきなり、

女1　象よ。象だったのよ。象は、鼻ね。象の鼻……。私、象の鼻を、

男2、猛スピードで立ち上がると、女1の口を手でふさぎ、しばらくして放す。

女1　たことがあるわ。
男2　……間に合った。
女1　象の鼻は、

男2、また慌てて女1の口をふさぎ、放す。

女1　かったわ。その、

男2、女1の口をふさぎ、放す。

女1 は、そうね、夢に似ていた。はっきりと覚えている夢よ。私、時々、夢を見るわ。象の鼻を、

男2、女1の口をふさぎ、放す。

女1 ている夢よ。目覚めるとよみがえってくるわ……。

男2、女1の口をふさぎ、放す。

女1 私、象の鼻を、

男2、女1の口をふさぎ、放す。

女1 たくて、

男2、女1の口をふさぎ、放す。

女1　たくて、

男2、女1の口をふさぎ、放す。

女1　たくて、探したわ。でも、どこにもない。私、今でも、

男2、女1の口をふさぎ、放す。

女1　たいわ。象の鼻……、象の鼻……。

男2　（男1に）すいませんが、私、口をふさいでいますから、あんた、車椅子を押してくれませんか。このまま放っておくと、保健所がくる。

男1　いいですよ。（立ち上がる）

男2　方法は、あるんです。黙らせる方法は、ね。

男1　（車椅子を押しながら）どうするんです？

男2　象の鼻を××させるんです。

男1　象の鼻を××させる？

男2　勿論、生きちゃいません。匂いも××もない。ニセモノです。私は、五年越し、彼女に、象の

鼻を××させてきました。ホラホラ、象の鼻だよ。……るんだよ、とね。

男1、男2、女1、去り、男3、男4が残る。

2

男3、ズボンのポケットから、一冊のボロボロの書物を取り出し、
小声で、

男3　やりますか？

男4、あたりを警戒しながら、ゴクリと唾を飲み込み、

男4　やりましょう。
男3　あんたから、どうぞ。
男4　(嬉し気に)そうですか？
男3　お先にどうぞ。
男4　それじゃあ、失礼して。

テーブルに上がると、身構える。

男3　行きますよ。

男4　ええ。

二人、緊張している。
男3、書物を読みはじめる。

男3　「オスタンドの牡蠣が運ばれてきた。可愛く丸々としている。貝殻の中へ入れた小さな人間の耳そっくりで、塩辛ボンボンといった格好で舌と口蓋の間でとろりと溶ける」

男3が舌舐ずりの気配で読む間、男4は舌を鳴らし、歯を鳴らし、全身を痙攣させて酔っている。

男3　ギィ・ド・バッサン『ベラミ』杉捷夫訳です。

男4、アゥアゥと意味不明の声を挙げ、

男4　いやあ、オットセイになりました。満腹、という奴です。いただきました。

腹をさする。
男3、笑顔になり、

男3　お粗末さまでした。
男4　それじゃ、今度は私が。
男3　そうですか。では失礼して。

男3、男4に書物を渡してテーブルに上がる。男4はテーブルを下り、

男4　「食の饐して餲せると魚の餒れて肉の敗れたるは食らわず。臭の悪しきは食らわず。飪を失なえるは食らわず。時ならざるは食らわず。割正しからざれば食らわず。其の醬を得ざれば食らわず」。（読む）

男3、テーブル上で何とか酔おうと努めるができず、白けている。

男4　（得意気に）「論語」です。
男3　申し訳ないんですがね。
男4　なんでしょう。
男3　私、余り頭がよくないものですから。
男4　それで？

男3　胃も丈夫じゃないもんですから。
男4　ええ、それで?
男3　もう少し、やわらかいもんを喰わせて貰えると、ありがたいんですが。

男4、じろりと男3を見る。

男3　ひとつ、そこのところを、よろしく。

男4、頁を繰り、

男4　行きますよ。
男3　はい。(身構える)
男4　「つぎの盆は期待していたような大きさではなかったけれども、その珍奇な形がぼくらの目を一斉にひいた。黄道十二宮をかたどった円い皿がぐるりと並べられて、それぞれの星座に適応する料理が配膳人の手によってもられていた。」(読む)

男4、男3を見て、ニタッと笑う。
おあずけを喰った犬のポーズで待っていた男3、ハッハッと息を荒げて待つ。

男4、急に早口の大声で、熱っぽく、

男4　「すなわち、白羊宮の上には豌豆で作った牡羊の頭、金牛宮には一片の牛肉、双子宮にはアフリカのいちじく、処女宮にはまだ子を生まぬ牝豚の腹、天秤宮には片方にタルトを、他方に菓子を乗せた平秤を、天蝎宮には海の伊勢蝦、射手宮には野兎、磨羯宮には山羊の角、宝瓶宮には鵞鳥、双魚宮には二尾の鯔がのせられていた。」（読む）

男3、しきりと味わおうとして頑張っているが、途中であきらめ、フテ寝してしまう。
男4は読み終わり、大きく息を吐いて満足気に、

男4　ペトローニュース『サチュリコン』です。お代わりは？

男3、ふてくされて返事もしない。

男4　お気に召さない？

男3　（急に跳ね起き）召すも召さないも、私は一口だって食えませんでしたよ。いいですか？　私は飢えているんだ。食いたいんです。単純を喰いたいんですよ。

男4、突然、叫ぶ。

男4 目に青葉山ほととぎす初がつを。

男3 ああ、初がつを。

と、のたうつ。

男4 あたたかき鰻を食ひてかへりくる道玄坂に月押し照れり、斎藤茂吉。

男3 ああ、鰻。

と、のたうつ。

男4 梅若菜鞠子の宿のとろろ汁、松尾芭蕉。

男3 とろろ、とろろ。

と、のたうつ。

しばらくして、満腹の溜め息を洩らし、

男3　いやあ、御馳走さまでした。

テーブルを降りる。

男3　最初はどうなることかと思いましたが、満腹です。
男4　あんたも、しかし、偏食ですな。
男3　私、肉が駄目でしてね。
男4　ふしあわせだ。
男3　それと、ニンジン。
男4　ニンジンは私も駄目です。

男3、男4、テーブルと椅子を片付けながら、

男3　デザートと行きますか？
男4　結構ですな。
男3　おたくは何を？
男4　私、桜餅なぞをひとつ。
男3　桜餅？　いいですな。……行きますよ。

男3、暗唱する。

男3　「お八つに出る、ほのかに塩味のしみこんだ桜の葉で巻かれた桜餅の淡い桃色の皮には、どこか透明な層があって、その中に気泡のようなものが見えることがありました。子供の私には、白磁の皿の上に置いた桜餅が、花吹雪のなかを通って連れてこられた、ほんのり色づいた優雅な婦人のように見えて、すぐ食べる気にはならなかったのです。」

男3は、片付けているが、男4は口をぽかんとあけて、うっとりと棒立ちになっている。

男4　いやあ、なかなか。……あんたは、何を？
男3　私ですか？　私は、軽く、お茶なぞを。
男4　それじゃ行きますよ。
男3　ええ。

男4、暗唱する。

男4　「これやこの銘茶の若芽、春風のもとに生い育ち、摘まず取らずにほったらかされ、葉っぱばかりが伸び放題、それでも煮詰めりゃたいした色つや、世にも稀なる乙なもの」

男3、うっとりしている。

男4、片付け終わる。

男3　お茶はいいですなあ。

男4　私、どっちかと言うとコーヒー党でしてね。

言いながら去る。

3

無人となった舞台に女3、女5、男5、男8が現れる。女3は、男8の首からのびる鎖の端を、女5は、男5の首からのびる鎖の端を持ち、男5、男8は上半身裸で、目隠しをされ、首輪をつけられ、両手首、両足首は鎖錠され、四つん這いになっている。

女3 （凄まじい早口で）さっさと歩くのよ、薄のろの豚肉。まったくイライラする。あんたは臭い。ブロイラーの匂いがプンプンするわ。いつもスーパーマーケットで大売出しの鳥肉。

女5 （凄まじい早口で）あんたは朝、起きて、朝御飯用の錠剤を三粒飲んで会社に行く。十二時になると昼御飯用の錠剤を三粒飲んでパチンコをする。五時になると会社を出て、七時には安アパートで夕食用の錠剤を五粒飲み、TVを見て、夜十一時には夜食用の錠剤を一粒飲んで寝るだけの去勢牛。

女3 その癖、きれいな女が通るとポカンと見とれ、だのに通勤電車の中で痴漢になるだけの元気もない老いぼれの馬肉。

女5 あんたは逆らわない。きゃんきゃんと吠えてみることさえしない。いつも他人の顔色をうかがって、右向いちゃ、ワン。左向いちゃ、ワン。尻尾を振ってみせるだけの犬の肉。

男8 （哀れっぽく）助けてくれ。

男5 （哀れっぽく）あんた、誰なんだ？

男8　何のために、こんなことするんだ？
男5　ここから出してくれ。
女3　閉じこめられて一ト月にもなるのに、あんたが喋る言葉は、四つだけ。助けてくれ、あんた、誰なんだ？　何のために、こんなことをするんだ？　ここから出してくれ。うんざりするわ。
女5　答えてあげるわ。私は、あんたを助けようとしてる。
女3　私は、力よ。
女5　あんたの眼を覚まさせようとして、こんなことをしてるのよ。
女3　ここから出してあげてもいいわ。
女5　あんたが、食べるんならね。
女3　あんたが、食べるんならよ。

男5、男8、食べるという言葉を聞いて震えだす。女3、女5、哄笑する。

女3　臆病な山羊頭！　食べるって言葉が、そんなに怖ろしいの？
男8　禁じられた言葉だ。
女5　そうよ。使ったことがわかれば監獄だわ。
男5　懲役八年だ。市民権剥奪だ。
女3　安心なさい。ここは壁の中よ。外から見れば何の変哲もない、ただのアパート。

女5　その一部屋で、こんな出来事が起きてるなんて、誰も思わないわ。
女3　私は行きずりのあんたを連れ込んで、鱈腹食わせてあげようとしているだけ。
女5　食べたいんでしょう。ねぇ、食べたくて食べたくて、たまらないんでしょう。
女3　だったら食べなさい。
男5・8　食いたくない！
女5　なぜ？
男5　食ったら死刑だ。
女3　食ったら死刑じゃないわ。食ったことがバレたら、よ。
女5　私、バラしたりしないわ。だって私、食わせたいんだもの。私の作った手料理を食べさせて食べたいんだもの。
女3　あんたと一緒にね。一人で食べるのはつまらないわ。
女5　食べればここから出られるのよ。腹いっぱい食べて、顔色は艶々として、満腹に眠気を誘われて、ほとんど夢見心地のいい気持ち。
女3　そんなことが、あんたのつまらない人生の内にも何度かあったでしょう。思い出してごらん。
女5　あんたの口は喋るためにだけ、あるんじゃないのよ。
女3　あんたの口は食べるためにあるのよ。
男5　食えない！
女5　何故？

いきなり時計が鳴り出す。
十二時を告げる。
男5、平然として立ち上がり、

男5　ほどいてくれ。
女5　そうね。
男5　そろそろ寝ないと、明日が辛い。
女5　そうね。

女5、男5の鎖や目かくしをほどきはじめる。

女5　私は御飯を作るのが生き甲斐で、あんたは私の御飯を食べるのが生き甲斐で、作って食べて、そうやってつながってきたのにね。
男5　仕方ないさ。新しい食べ物ができちまったんだから。
女5　朝三錠、昼三錠、夜五錠、夜食一錠の食事！
男5　おまえの不満は、わかるさ。だからこうやって毎晩毎晩つき合ってるじゃないか。
女5　ねえ、食べてよ。

男5　刑務所だ。もう寝るぞ。
女5　先に寝て頂戴。
男5　食うなよ。

男5、去る。
女5、座り込むと頭をかかえる。
と、それまで静止していた女3が口を開き、

女3　今夜も食べなかったのね。
男8　ああ。
女3　食べれば、ここから出て行かれるのに意気地なし。あんた帰りたいんでしょう。あんたの、繰り返しの日常の中に戻って行きたいんでしょう？　簡単なことよ。
男8　食いたくない。
女3　まあ、いいわ。出て行かれないのは、私の方じゃなくて、あんたの方なんだから。
男8　だから食わないんだ。
女3　どういうこと？
男8　ここにいたい。食わなければここにいられる。そうだろう。
女3　……そうね。

男8　俺、明日もまた食わないよ。あさってても食わない。おやすみ。

四つん這いで去る。

女5　私、ときどき、あんたを殺したくなるわ。私が作ってあんたが食べて、もう一度そうやって、それができたら、あとはどうだっていいのに、あんたは、たかだかゲームでつながって満足してる。私、あんたを憎みはじめてる。

女3　おどおどと、あたりをうかがうだけの様子に我慢できなくて連れ込んだ男なのにね。私は、あんたの名前も年も何も知らないのにね。でも、あんたは食わなくて、だからつながってしまっている。私、あんたを好きになりはじめてる。

女5　いつまで、こんなゲームをつづけるつもり、つづければつづける程、私、あんたから遠くなるだけなのに。

女3　いつまで、こんなゲームをつづけるつもり。つづければつづける程、私、あんたに近づいてしまうのに。

女3、女5、去る。

4

男1が、見えない〈食べ物〉を激しく食べながら現れる。
男2が、見えない〈食べ物〉を激しく食べながら現れる。
男3が、見えない〈食べ物〉を激しく食べながら現れる。
男4が、見えない〈食べ物〉を激しく食べながら現れる。
男5が、見えない〈食べ物〉を激しく食べながら現れる。
男6が、見えない〈食べ物〉を激しく食べながら現れる。
男7が、見えない〈食べ物〉を激しく食べながら現れる。
男8が、見えない〈食べ物〉を激しく食べながら現れる。
男たち、食べている。
咀嚼音がする。
嚥下音がする。
男たち、右手の〈食べ物〉を食い、いきなり首を振って左手の〈食べ物〉を食う。
男たちは、みな同じ〈食べ物〉を食べているようだ。
しばらくして、

男1　なんです？

男2　ホットドッグです。

男たち、食べる。

男1　なんです?
男3　ニギリメシ。

男たち、食べる。

男1　なんです?
男4　ケンタッキー・フライド・チキン。

男たち、食べる。

男1　なんです?
男5　マクドナルド・ハンバーガー。

男たち、食べる。

男1　なんです？
男6　稲荷寿司。
　　男たち、食べる。
男1　なんです？
男7　フランクフルト・ソーセージ。
　　男たち、食べる。
男1　なんです？
男8　茹卵。
　　男たち、食べる。
男2　なんです？
男1　水瓜。

男たち、食べる。
しばらくして、

男1「恥かしいことだが、また意地汚い食欲が出始めた。」

クヌート・ハムスンの「飢え」の一節を呟く。

男2「やがて、そいつは内部からこみ上げて来て愈々猛烈になった。」
男3「そして容赦なく僕の胸を噛んだ。胸の中には人知れぬ不思議な働きが行はれてゐた。」
男4「何でも二十足ばかりの、歯をもった小さな虫がゐて、」
男5「先づ一方に頭を向けて少し胸の内側を齧る、」
男6「すると次には向きをかへて、もう一方を少し齧る」
男7「ちょっと休んでは、又始める。音も立てず、急ぎもしないで、穴をあけて行く。」
男8「そしてその虫共が這ひずりまはった跡には、皆溝が掘れてゐるのだった。」

男たち、飢えを語りながら、食べ、一人、また一人と去って行き、男6だけが残る。
男6、唐突に、もがき出し、

男6　「僕は骨を一本、貰った。それは何の味もしなかった。骨からは胸のわるくなる古い血の臭気がした。僕はすぐ嘔吐《もど》したが、懲りずにもう一度やってみた。それを堪へることが出来れば、飢ゑを凌ぐだけの効果はあるのだ。ただ腹の中に落着かせればいい。けれども又吐いた。」

不意に切り穴の蓋がバタンと開き、舞台のあちこちから、上半身裸体の女たちがゆっくりと現れる。女たちの腰から下は切り穴に隠され、女たちは、飢えた男を誘う茸のように揺れている。
男6、それを無視して、

男6　「僕は腹を立てて、烈しく肉に噛みつき、少しばかり喰ひ切って無理矢理に飲み込んでみた。」
女1　食べて。
男6　「けれどもそんなことをしたとて駄目だった。」
女2　食べて。
男6　「肉が胃の中で温まるや否や、すぐ又嘔吐してしまった。」
女3　食べて。
男6　「僕は両手を握り締めて、絶望に泣き。」
女4　食べて。
男6　「憑物でもしたやうにばりばり骨を齧り取った。」
女5　食べて。

男6「骨が涙に濡れて、汚れる程泣いた。」
女6 食べて。
男6「吐いた、呪った、歯噛みをした。」
女7 食べて。
男6「胸も張り裂ける程泣いた。」
女8 食べて。
男6「そして大きな声で、世界のあらゆる力を呪った。」
女9 食べて。

男6、もがきながら去る。

女1 食べて。(指をくわえる)
女2 食べて。(舌を舐める)
女3 食べて。(髪をかき乱す)
女4 食べて。(乳房をかかえる)
女5 食べて。(指で唇を撫でる)
女6 食べて。(首を振る)
女7 食べて。(笑う)

女8　食べて。（目かくしをする）
女9　食べて。（体を震わせる）

女たち、うっとりと、

女1　私を食べて。
女2　私の肉を食べて。
女3　私の骨を食べて。
女4　私の血を食べて。
女5　私の髪を食べて。
女6　私の爪を食べて。
女7　私の皮膚を食べて。
女8　食べて。
女9　食べて。

女たち、揺れる。

女1　あんたの口。

女2　あんたの歯。
女3　あんたの舌。
女4　あんたののど。
女5　あんたの食道。
女6　あんたの胃袋。
女7　あんたの小腸。
女8　あんたの大腸。
女9　あんたの十二指腸。
女1　私の仮の、すみか。
女2　あんたは、かじる。
女3　あんたは、味わう。
女4　あんたは、飲み込む。
女5　あんたの食道を降りて行く、私。
女6　あんたの胃袋に溜まる、私。
女7　あんたの小腸にこびりつく、私。
女8　あんたの大腸に動かされる、私。
女9　あんたの十二指腸の襞の、私。
女1　そうして排泄される、私。

女2　そうして土に混る、私。
女3　そうして肥料になる、私。
女4　そうして食べ物を育てる、私。
女5　そうして食べ物になる、私。
女6　そうして食べられる、私。
女7　そうして食べられたい、私。
女8　そうしてくりかえされる、私。
女9　そうしてくりかえされる、私。
女たち　私を食べて。

女たち、切り穴に入って行き、蓋がしまる。

5

上手から男1が、下手から男2が現れる。

男1　御無沙汰しております。
男2　いやいや私の方こそ。

男1、男2、馬鹿丁寧に挨拶し、間。

男1　どちらへ、お出かけに？
男2　ええ、まあ、ちょっと。あなたは？
男1　ちょっと、その辺に、ね。

男1、男2、意味もなく笑い合い、間。

男1　最近、御研究の方は？
男2　ちょぼちょぼと、やっております。
男1　確か、でんでん虫の性生活について、でしたね。

男2、急に勢いこんで、

男2 そうです。でんでん虫、またはマイマイツブロ、いわゆるカタツムリです。既にマルチネンゴ伯爵夫人によって、『デデムシ出い出い』という歌が、世界各国、イングランド、スコットランド、ドイツ、フランス、トスカナ、ルーマニア、ロシアおよび支那の子供たちに歌われつづけていることが保証されている、あの、デデムシですよ。

男1 デデムシ出い、出いですか?

男2 デデムシ出い出い、です。

男1 私は、子供の頃、でんでんムシムシ、かたつむり、と歌いました。

男1、歌う。

〽でんでん、ムシムシ、かたつむり
おまえの頭は、どこにある
角出せ、槍出せ、頭、出せ

男2 それだけじゃありませんよ。

男2、咳払いすると、早口で熱っぽく、

男2　例えば広島県印南郡では「でんでん虫出やれ、出な、尻にヤイトすよ」という歌があり、和歌山県では、田辺附近に「でんでん虫虫、出にゃ、尻つめろ」があります。岡山では「でんでんの虫、出んと、尻、打っ切るぞ」。伊勢は「でんでこない、出やっせ、太鼓のぶちと替へてやろ」です。能登は、「でんでんがらぼ、ちゃっと出て見され、わがうちゃ、焼ける」か、または「つのらいもうらい、角を出さねば、かっつぶす」でしょう。更にまた、信州では、「だいろだいろ、角出せ、だいろだいろ」もしくは「だいろだいろ、角を出せ、角、出さなけりゃ、向うの山へもって行って、首ちょんぎるぞ」、甲府では、「だいろだいろ、角、出せ、角を出さぬと代官様に言うぞ」、新潟では、「だいろうだいろう、角を出せ、おぬしが出せば、俺も出す」となります。青森県では、「つのだしつのだし、角を出さねば、家、ぶっこわす」が普通です。

男1、男2の長広舌の間、貧乏ゆすりをしているが、次第にそれが激しくなる。男2は、話の途中から、貧乏ゆすりがうつってくる。二人、地震のさなかに話しこんでいるようだ。

男1、男2の話が終わると、ピタッと貧乏ゆすりを止め、

男1　さすがですなあ。

男2　いや、それ程でも。
男1　御謙遜を。
男2　私、時間が余っているものですから。
男1　まったく、正しい法律です。
男2　人類誕生以来、最もすぐれた法律でしょう。
男1　食べることのわずらわしさから解放されて、実にもってすがすがしい。
男2　こっちの国では、食料事情が悪くて、飢え死に、こっちの国では、食料が余って捨てたり、つぶしたり。
男1　そんな不平等もなくなって、万万才。
男2　おまけに時間がふえて、研究ができる。

二人、笑う。間。

男2　ところで、そちらは？
男1　私はタコです。
男2　タ・コ？
男1　ええ。
男2　タコというと、あの足の十本ある……？

男1　タコは八本です。十本はイカです。

　　　絶叫し、貧乏ゆすりする。
　　　男2、貧乏ゆすりがうつる。

男1　私が愛しているのは、タコです。タコ……、頭足類二鰓亜綱八腕目の軟体動物。体は頭、胴、腕の三部分から成る。腕は八本で口のまわりに生え、各腕には吸盤がある。頭の両側に眼があり、腹側に水を噴きだす漏斗がある。墨汁嚢を持ち、水中に煙幕のように拡がる墨を噴いて敵から逃げる。全体は紫褐色または灰色のものが多く、煮ると赤くなる。

　　　男1、うっとりと話す。
　　　男2は、身ぶりでタコの姿を描いている。

男1　私は、タコを飼っているんですよ。名前はジョセフィーヌと言います。まだ、ほんの子供ですがね、可愛いいじゃありませんか。八本の腕を私に巻きつけて甘えるんです。
男2　（負けじと）私は、でんでん虫ですよ。一ダースのでんでん虫が体の上を這う快感。
男1　タコの吸盤にせっぷんする興奮を、あんた知らんでしょう。
男2　でんでん虫が這ったあとには、銀色のねっとりした道がのこるんです。うー、たまらん。

男1、男2、口々に言いつのる。

男7が、こっそり現れると、

男7　ちょっとお客さん。
男2　でんでん虫。
男7　ちょっと。
男1　タコ。
男7　あるんですよ。でんでん虫もタコもあるんです。って言うより、今日はタコとでんでん虫っきゃないんですがね。どうです？

男1、男2、訳がわからず、

男1　どうって、何が？
男7　でんでん虫ですよ、タコです。来ませんか？
男2　そりゃあ私は、でんでん虫が好きだ。だからと言って、見も知らぬ人の家に行って、その人が飼ってるでんでん虫に惚れてしまったら、どうする？　みじめだ。余りにみじめだ。
男1　それにですよ、私にはもうジョセフィーヌがいるんです。八本の腕にリボンを結んだタコ。私には、彼女を裏切るなんてことは、できません。

男7　（ボソッと）うまいですよ。

男1、男2、硬直する。

男7　でんでん虫、つまりエスカルゴ。これはもう、にんにくバターで、じっくり焼きます。フッフッと煮えたエスカルゴの肉を、こんがり焼いたフランスパンに乗せて……、よだれだ。

男2、うつろな眼になり、ポカンと口を開ける。

男7　タコ、こいつはお好み次第だ。刺身でよし、酢の物でよし、ゆったりと煮て、おでん、バターイタメで、粒こしょうをパラパラとふるか、オリーブ油にまぶしてマリネもいい。

男1、うつろな眼になり、ポカンと口を開ける。

男7　（男2に）でんでん虫ですよ。（囁く）

男1　ああ……。

男7　（男1に）タコですよ。（囁く）

男2　ジョセフィーヌ……。
男7　（男2に）でんでん虫が一ダース。
男2　にんにくバター。
男7　（男1に）タコが一匹。
男1　刺身。
男7　今日の特別料理ですよ。ついてきて下さい。

先に立って歩き出す。
男1、男2、フラフラとついて行く。
舞台、無人となる。

6

女8と女9がテーブルを押して現れる。そのあとから、女7が椅子を二つ持ってついてくる。
女7、椅子を置くと去り、女8と女9は椅子に座り、テーブル上の新聞と本を読みはじめる。
女たちの動きは、ひどくゆっくりしていて、時間が今にもとまってしまいそうだ。
女7が去ると、不意に女8が哄笑する。

女9 どうしたの?

女8、新聞記事を音読する。

女8 保健所の発表によると、一昨日の深夜、会社員山田一郎と田中政夫は、でんでん虫とタコを食べて死亡。でんでん虫とタコを食べさせたレストランが摘発され、レストランの従業員中村太郎の自供によると、でんでん虫は田中政夫の家から、タコは山田一郎の家から盗み出したものであり、田中と山田は、可愛いがっていたでんでん虫とタコを、そうとは知らずに食べたショックで急死したものと思われる。中村は、「あの二人が、でんでん虫とタコの飼い主とは知りませんでした。悪いことはできないものですね」と反省している。

女9 情けない喜劇ね。笑うのもくたびれるわ。

女7が、スープ皿の乗った盆を持って現れ、皿をテーブルの上に置く。

女7　御食事が出来ました。
女8　今日は何？
女7　まずコンソメでございます。

女7、一礼して去る。

女8・9　いただきます。

スプーンを口に運ぶが皿の中は、からっぽである、女8、女9、無言で食べる。食べつづける。やがて、女8、スプーンをおくと、

女8　まあ、こんなもんでしょうね。
女9　そうね。

女7、からっぽの皿を持って現れると、置く。

女9 なに?

女7 エクルヴィスのサラダでございます。

女8と女9、フォークとナイフを握りしめ、食べる。

女7 エクルヴィスは霞ヶ浦で養殖しているアメリカザリガニを使いました。買ってきてから三日の間、水道の水を流しっ放しにして泥臭さを抜きます。そうして、使う前には必ず背ワタを取ります。尻尾が三つに分かれていますから、真ん中の部分をひねりながら引っ張りますと背ワタがついてきます。こうして背ワタを取ったエクルヴィスは、一。三、四分ボイルした上で。二。頭をむしりとり。三。甲羅の一番上の一ト節を外して。四。尻のところを押すと。五。中身が出てくるので。六。それを使用します。

女8と女9、食べ終わる。

女8 ごちそうさま。

女9 次は?

女7、皿を取り上げると、又、置き、

女7　鹿の肉のステーキでございます。

女8、女9、食べはじめる。

女7　一ト晩、赤葡萄酒と玉葱、人参をまぜたものに漬け込んでから焼きました。
女8　苦労の味がして、とても結構よ。
女7　ソースの中のコロコロした小さな果実、これはスグリです。
女9　これね。

フォークを突き出してから、食べる。

女7　それから、つけあわせのマッシュポテトには芋セロリとジャガイモを使いました。

女8と女9、一心不乱に食べる。
女7、次第に早口で、

女7　次は平目の蒸煮、シャンパンソースでございます。つまり平目をシャンパンで煮て、その煮汁でソースを作り、そのソースを平目にかけて食べようというのが大体の方針であります。まず平目を五枚におろし、頭と骨を適当にぶった切って、玉葱の薄切りとシャンピニオンの軸と一緒にバターでいためます。次にシャンパンを抜きます。今日は八五〇〇円の、ランソンの、ブリュットの、赤ラベルを使いました。八五〇〇円の、ランソンの、ブリュットの、赤ラベルをダシの中にドクドクと入れます。それからパセリ一束の茎を引きちぎって、その茎を大胆に入れます。次にローリエを少し、タイムを少し、そこへひたひたの水を入れて沸騰させ、煮つめ、シャンパンソースの出来上がり、という訳です。

女8と女9、フォークとナイフを置き、満足の溜め息。

女8・9　ごちそうさま。

女7　私、おなかいっぱいよ。

女8、女9、いきなり立ち上がると、

女8・9　はい奥様。

女7　コンソメ・スープにエクルヴィスのサラダ、鹿の肉のステーキに平目の蒸煮シャンパンソースだもの。
女8・9　はい、奥様。

女7、椅子に座りながら、

女7　肩を揉んでちょうだい。食べすぎて疲れたわ。
女8　はい、奥様。
女7　それから、あんたは、きのうのつづきを読んでちょうだい。
女9　はい、奥様。

女8は、肩を揉み、女9は、本を読みはじめる。

女9　「一本の木がある。広々とした野原。垣根にそって、紫色のジギタリスの花が咲き乱れている。マリーが裸で寝そべっている。真っ白い肉体の上に黒い三角形が浮かび上っている。わずかに開いている太腿の間にけむる黒い繁み。少し肌寒い。マリーはいかにも楽しそうに笑い、その笑い声がミッシェルの耳のなかで木霊となって反響する。手がマリーのふくよかな腹に向かって進んで行く。その手はミッシェルの手だ。生気みなぎる温かい肉体の上に、手はとまる。ただ、ただ、静謐……。ピエール・クリスタン。」

女7、うっとりと聞いている。しばらくして、

女7　ああ、いいわね。とてもいいわ。言葉のセックス、言葉の食事、満足よ。おなかいっぱい。

女8・9　はい、奥様。

間。

そして、女たち、はじけるように笑い出し、

女7　やったね。

女8　最高。

女9　明日は、あたしが奥様だからね。

女7　明日にそなえて今日も寝よう。

女8・9　はい、奥様。

三人、笑いながら、馳け去って行く。

7

女4、女6が臨月間近い妊婦のような腹をなでさすりながら現れると、椅子に座り、ふうっと溜め息をつく。

女4 だめだめだめ、動いている、動いている、動いている、おなかが、おなかが、おなかが、なんでこんなに苦しめるの？　愛している、愛しているのよ、さあ、もっと愛してあげるから、もっと、もっと、もっと。

女4、しきりと腹を撫でまわす。

女6 なぜなぜなぜなぜ、壊れる、壊れる、壊れる、おまえは愛していないのね、あたしを愛してないのね、こんなに待っているのに、それなのにそれなのにそれなのに、出てきておくれ、お願い。

女6、しきりと腹を撫でまわす。
女4、女6、身もだえるように体をゆすって、

女4・6 おぎゃあおぎゃあおぎゃあおぎゃあ、もうすぐ出てくる、もうすぐ、きっと可愛いい、可

愛いい、可愛いい、可愛いい、おぎゃあおぎゃあおぎゃあ、なぜ、こんなに苦しめるの？　出ておいで早く、早く、早く、早く、待っているのよ。待っているの。

女4、不意に醒めて、舌打ちし、

女4　まだ、だわ。

女6、誘われて醒め、あくびし、

女6　腹が立つ。
女4　ねぇ。
女6　なに？
女4　あんた、産んだら、どうする？
女6　また、作るわよ。
女4　元気ねぇ。
女6　だって幸福ってもんじゃないの。
女4　幸福？（肩をすくめる）
女6　馬鹿にしたわけね。

女4　幸福なんて、世の中が変わってから、文字通り血を吸いつくされた言葉じゃないの。食えなくなってからってもの、言葉の世界を襲撃した意味論的大出血のために貧血状態におちいった言葉だわ。
女6　じゃああんたは幸福じゃなかった訳？　幸福じゃなかったと言いきれる訳？　自作自演の、この大ドラマをよ。
女4　楽しんできたのよ。
女6　つまりは幸福だったのよ。似たようなもんだわ。
女4　楽しみなんだと言わせてよ。
女6　御勝手に。
女4　私、三十よ。
女6　だから？
女4　あんた、二十五よ。
女6　だから？
女4　二十五で言える言葉が三十では言えないのが人生の現実よ。楽しみと言いきるのがいきがりよ、三十の。
女6　御自由に。
女4　ガキ。
女6　年増。

女4、女6、睨み合うが、

女6　やめようよ。

女4　そうね。

女6　（突然）母体に宿った赤ちゃんは一〇カ月の間に、見事に人間としての生命の発育をとげていきます。しかし、それは赤ちゃん一人の力だけで発育するのではなく、母体をよりどころにしているのです。したがってお母さんは、自分の健康や病気のことはもちろん、日常のすごし方、心のもち方、性生活、その他くらしのすべてのことに対し、心を新たにして、やがて訪れる出産の日にそなえなければなりません。

女4　台所の仕事では、まず流し台の高さを適当にしなければなりません。一般家庭の流し台は高すぎることはまれで、低い場合が多いようです。流し台が低すぎて、前かがみの姿勢で炊事をすると、疲れやすく、母胎に負担がかかります。流し台に向かう姿勢としては、両足を揃えて正面から向かうより、片方の足を少し前に出して、やや半身に構えた方が楽であることも知っておいて下さい。

女6　ふつうの場合でも栄養をとることは大事なことですが、妊娠するとからだに色々な変化が起きますので、それに合った栄養補給をしなければなりません。

女4　まず考えなければならないことは、自分自身と赤ちゃんの二人分の栄養をとらなければならないということです。

女6　さらに赤ちゃんは、母親を通してとった栄養分の不要物を母親に返していますので、

女4　母親のからだでは、ふつうのときに営まれていた新陳代謝のほかに、赤ちゃんの代謝も行われるようになります。したがって、その分の特殊な栄養が必要になってきます。

女6　たん白質は、血や肉など、からだ全体の組織をつくるのに欠かすことのできない栄養素です。

女4　ふつうの場合の、二十代三十代の女性のたんぱく質の必要量は一日六〇グラムとなっていますが、妊娠すると八〇グラムが必要になります。

女6　カルシュウムは胎児や赤ちゃんの骨格や歯をつくるうえで、絶対に必要な成分です。

女4　妊娠していない女性の、〇・六グラムよりも六〇%〜七〇%多い、一・〇グラムはとらなければなりません。

女6　鉄分は、赤血球の中の血色素をつくるのに大切な成分です。

女4　とくに妊娠後期は、赤ちゃんが沢山の鉄分を欲しがっていますので、ふだんの一五ミリグラムより五ミリグラムふやし、二〇ミリグラムをとるようにします。

女6　ビタミンAの不足は、赤ちゃんの皮膚疾患や視力障害、抵抗力の低下をきたしますので、ふだんの二〇〇〇I・uよりも多く、妊娠前期に二二〇〇I・u、後期に二四〇〇I・uが必要です。

女4　ビタミンB_1の不足は赤ちゃんの発育を妨げることになります。ふつうは一ミリグラム程度でいいのですが、妊娠中は一・二ミリグラムにふやします。

間。

そして女4、女6、「アッ」と呻くと、体を震わせる。

女4　そうね、これね。
女6　そうよ、これよ。
女4　痛み、ね。
女6　痛み、よ。
女4　痛い……わね。
女6　痛い……わよ。

間。

それから女4、女6、次第に痙攣し、

女4・6　おぎゃあおぎゃあおぎゃあおぎゃあ、出て行く、ちぎれる、おぎゃあおぎゃあおぎゃあおぎゃあ、あたしに宿った、いとしい子、あたしはあんたを愛しているのよ。だから、あんたはあたしを愛して頂戴。いとしい子、いとしい子、いとしい子。

突然、産声が空間を満たす。

女4、女6、衣装の腹部から、ボロ布に包まれたセルロイドのキューピー人形をとり出す。キューピー人形は蛍光塗料を塗られて発光している。

女4、女6、人形を撫でさする。

音楽が流れ込んでくる。永六輔作詞・中村八大作曲の「こんにちは、赤ちゃん」である。

女4、女6、いきなりキューピー人形にかぶりつく。食べる。

と、切り穴が開いて、男4が、びっくり箱のピエロのように上半身をのぞかせ、

男4 ちゃんと育てられた健康な子供は、一歳のときが、極めて美味で滋養にとみ、上等な食べ物で、シチューによく、焙ってよく、焼いてよく、煮てよいものである。

男4が引っ込むと、男3が別の切り穴から現れ、

男3 我が国では、一年に一二万の赤児が生まれてくる。そこでその内の二万人を繁殖に残す。男の子供は二万人中、四分の一の五千人でいい。これでも、羊、黒牛、豚の場合より、率がいい。

男3が引っ込むと、男5がまた別の切り穴から現れる。

男5 というわけは、これらの子供は、結婚の所産であることは滅多にないからであるが、わが未開

人にとっては結婚なんぞ少しも重要視すべき事柄ではないから、男一人で女四人を充分相手にすることができよう。

男5が引っ込むと、男1が別の切り穴から現れる。

男1　母親には、たっぷりと乳を飲ませて、子供が立派な献立に向くよう、丸々と肥らせる。友人に御馳走するときは、子供一人で二品できる。家族だけの食事であれば、頭や尻の四分の一だけで、かなりの料理になる。少量の胡椒か塩で味つけし、四日目に茹でると、おおいによろしい。冬は、やはり鍋料理がいいだろう。

男1が引っ込むと、男3が現れる。

男3　子供の肉は一年中が、しゅんであるが三月とその前後が比較的多い。

男3が引っ込むと、男4が現れる。

男4　検約家は、赤児の死体の皮を剥ぐべきである。この皮を加工すると、見事な紳士用皮靴ができあがる。

男4が引っ込むと、男5が現れる。

男5　子供は生きているのを買い、殺したてを料理するのが一番である。

男5が引っ込むと、男1が現れる。

男1　何よりもまず、子供を作るべきである。その方法については、それぞれの知識と判断におまかせしたい。

女4、女6は、切り穴の男たちが話している間に、キューピー人形を食べながら去り、男1は切り穴に引っ込んで行く。

8

女1が乗った車椅子を押して男2が現れる。

女1　あなたは誰？
男2　無数のものだ。
女1　あなたは何なの？
男2　退屈な質問だ。
女1　あなたの名前は？
男2　混沌だ。
女1　あなたは何なの？
男2　くたばりやがれ。
女1　あなたは誰？
男2　いる者だ。
女1　あなたは何なの？
男2　俺はグラスヤラボスだ。それが俺の名前だ。犬の歯をした、翼を持った男だ。俺は口から泡を吹く。永遠に口から泡を吹くように運命づけられている男だ。
女1　そうね、そう言ったわ。

男2　（うんざりして）象の鼻が、そう言ったんだね。

女1　ええ、兄さん。あの人は言ったのよ。どこか暗いところに蜘蛛の巣をかけた、ってね。そこでは蜘蛛の巣に引っかけられた食べ物が、生きたまま、ぐるぐる巻きにされているの。またおなかがすくまで、生かしてあるんだわ、どこか暗い場所で、巨大な蜘蛛の巣が静かに揺れていて、百の千のごちそうが、ぶら下っているのよ。新鮮さを保つためと食べやすくするために、ひとつずつパッケージに包まれて、ぶら下がっているんだわ。

男2、車椅子を押して、ぐるぐると歩きまわっているが、やがてとめる。

女1　象の鼻は、ときどきくるわ。私のところに、くる。そうして、私を食べる。私の顔に食いついて中身を食べる。私の目に喰いついて、私がまばたきをする間に眼球を食べる。

女1、うっとりと語る。
男2、女1の背後に立ち、ゆっくりと首に手をのばすが触れることができない。

女1　（何も気づかず）それから私の口に食いついて、舌を根元から引っこぬいて、歯茎を剥ぎとって、脳味噌を貪り食って体中の血を飲み尽くすの。ほんのわずかな時間で私の中身をぜんぶ食べてしまうのよ。

女1、笑う。

男2、首をしめようと試み、だが、出来ない。

女1 いつか、本当にからっぽになったら、なってしまったら、私、どこか暗い場所に行くのよ。蜘蛛の巣に引っかかった、生きたままの御馳走を食べに行くのよ。……ねぇ、兄さん？

男2 ……なんだ？

女1 あの人、まだ？

男2 まだだよ……象の鼻は、まだ来ないよ。

女1 眠くなったわ。

女1、眠ってしまう。

男2、車椅子を押し、

男2 全面的に気違いになってくれると有り難いんだがね……、そりゃあ、おまえが、狂ったり醒めたりするような出来事に出会ったことは知っているさ。十のおまえがチョコレート欲しさに象の鼻のあとをついて行き、強姦されたことは、ね。だが、もう昔話だ。それに第一、チョコレートなどと言うものは、この世に存在しないんだから、欲しがる必要もないんだよ。もう腹も減らないし、飢えもしないんだ。いい加減に、象の鼻の悪夢から、さめてくれないかね？

男2、車椅子を押して去る。

9

女2と男3がテーブルを押して現れると、卓上の籠と椅子をおろし、向かい合ってすわると遊戯の用意をし、卓上に一体のキューピー人形を立てる。人形の足には糸がついている。その糸をたぐりよせて、人形を引っぱりながら、

男3　ほぅら、こいこい。ころぶなよ。よしよし、あんよは、上手、ころぶはおへた、だぞ。

人形が引きよせられると、

男3　おまえの番だ。
女2　そうね。

糸を引くが、途中で苛立って強く引っ張るので、キューピー人形は倒れてしまう。男3、笑って、

男3　残念でした。

叫ぶと人形を立て直し、真剣な表情で糸を引きはじめる。。

女2、しばらくそれを見ているが、耐えられなくなって、力まかせに自分の糸を引く。人形が倒れる。

女2　もう、うんざり。
男3　きついことを言わんでくれ。
女2　言葉だけよ。心はマシュマロ。
男3　やめろ。
女2　心はキャンデー、心はキャラメル。
男3　俺はキムチだ。

男3、人形を立て直して糸を引く。
女2、それを眺め、

女2　マシュマロだから、うまく悲しめないんだわ。……ねぇ、話さない？
男3　何を？
女2　昔のこと。
男3　話し尽くした。
女2　何度話したっていいじゃないの。もう言葉でしかつながることができないんだから。
男3　きいてるから、話してくれ。

女2　最後の幸せなひととき。……続けて。
男3　（渋々と）眠りの中で空腹を感じてスタンドをつけた。小さな、ものうい光が闇に明るい傷を作った。
女2　どうしたの？　と私が訊いた。どうしたの？
男3　腹が減った、と俺が答えた。腹が減った。それから俺が訊いた。カレーライス、残ってるか？
女2　残ってるわよ。あっためようか？
男3　ああ。
女2　私はベッドを降りた。裸足のあしのうらにリノリュームの床が、ひんやりと冷たかった。私は裸の体にガウンを引っかけて寝室を出た。
男3　おまえの背中に俺は言った、飯はあっためちゃ駄目だぞ。冷たい飯にアツアツのカレー。それが正しいカレーライスだ。おまえは笑い声を残して出て行った。戻ってきた。
女2　カレーライスを持って戻ってきた。台所は寒かったから、足が冷えていた。私はカレーを渡して、ベッドにもぐりこんだ。あったかい……。
男3　俺は夕飯の残りのカレーを食った。冷たい飯にアツアツのカレーをかけたカレーライス。すると、おまえが言った。
女2　一口ちょうだい。
男3　俺はスプーンをおまえの口に運びカレーを喰わせた。
女2　ベッドのまわりにカレーの匂いがたちこめていた。あんたがカレーを食べ終わると、私たちカレーの匂いのキスをした。

男3　それからカレーの味のセックスをした。

女2　幸福だった。

男3　幸福だった。

間。

男3、相変わらずキューピー人形の糸を引いている。

女2、糸を強く引いて人形を倒し、立ち上がる。

男3　地獄のはらわたへ直通電話をかけているようなもんだ。壁に耳あり障子に目あり、隣は何をする人ぞ、だよ。

男3、キューピー人形をとりあげ、撫でまわす。

男3　カレーの話なぞ、しちゃいけないんだ。

女2　話は、もうすんだわ。

女2、籠の中から白布をかけた盆を取り出して卓上に置く。

女2　あとは……、
男3　あとは？
女2　食べるだけ。

女2、白布をとりのぞく。缶詰に缶切り、水の入ったコップが二つ。

男3　……おまえ……。
女2　最後の晩餐よ。

女2、缶詰を切りはじめる。
女2、沈黙の中で缶詰を切り終わる。
女2、蓋を開ける。

女2　食べ物よ。
男3　……喰うのか？
女2　鯨の大和煮。
男3　……喰うのか？

女2　生き物の肉だわ。

男3　……喰うのか?

女2　食べて。

女2、ゆっくりと缶詰に手をのばし、指で肉片をつまみ、口に入れ、咀嚼し、嚥下する。

女2　……おいしいわ……。

女2、コップの水を飲む。

男3、缶詰に手をのばす。指で肉片をつまみ、口に入れ、咀嚼し、嚥下する。

男3　うまい……。

男3、コップの水を飲む。

テーブルの周囲が急速に暗くなると、フォークとナイフを手にした人々が現れてくる。

女2、男3、互いを凝視して無言で喰い、笑い、水を飲みつづけている。

〈群集〉が二人をとり巻き、「あ」と叫ぶと、男1　アミノ酸。
全員　い。
女1　イノシン酸ソーダ。
全員　う。
男2　ウノールサラダ油。
全員　え。
女2　塩化ナトリウム。
全員　お。
男3　オキシタイド。
全員　か。
女3　カルシウム。
全員　き。
男4　キノバール酸塩。
全員　く。
女4　グリコーゲン。
全員　け。
男5　ケラノールカロチン。
全員　こ。

女5　香辛料。
全員　さ。
男6　酸化補強剤。
全員　し。
女6　脂肪。
全員　す。
男7　水分。
全員　せ。
女7　接着安定剤。
全員　そ。
男8　ソリューム。
全員　た。
女8　タンパク質。
全員　ち。
男1　調味料。
全員　つ。
女9　ツェニルアラニン化合物。
全員　て。

男2　鉄分。
全員　と。
女1　糖分。
全員　な。
男3　ナスパルテーム。
全員　に。
女2　ニコチン酸。
全員　ぬ。
男4　ヌル系甘味料。
全員　ね。
女3　ネクタール糖分。
全員　の。
男5　ノバピリン。
全員　は。
女4　発色剤。
全員　ひ。
男6　ビタミン。
全員　ふ。

女5　粉末塩素。
全員　へ。
男7　ヘノバルビタール。
全員　ほ。
女6　ホノリューム。
全員　ま。
男8　マグネシウム。
全員　み。
女7　ミネラル。
全員　む。
男1　無機質。
全員　め。
女8　メチール。
全員　も。
男2　モノリウム。
全員　や。
女9　ヤニバール製剤。
全員　ゆ。

男3　油脂。
全員　よ。
女1　ヨートル酸化剤。
全員　ら。
男4　ラミコール化合物。
全員　り。
女2　リン酸。
全員　る。
男5　ルジューム性澱粉。
全員　れ。
女3　レタノイドカリューム。
全員　ろ。
男6　ローデン酸化物。
全員　わ。
女4　ワコニール剤。

不意に、あたりが静まり、しばらくして、

男3　わ。ワギナ……。

女2　わ。私……。

急激に闇。

その中に、江利チエミの歌う「家へおいでよ」が鳴り響く。

上演記録

「糸地獄」（初演）
〈時〉　1984年5月18日〜20日、5月25日〜27日
〈所〉　六本木アトリエ・フォンテーヌ、中野スタジオ・あくとれ
演出・和田喜夫／共同演出・岸田理生／舞台監督・中池眞吉／照明・武藤聡／美術・高野アズサ／音響・阿部洋子／制作・宗方駿
〈出演〉　宗方駿／岡村龍吾／池田火斗志／西岡幸男／石川直樹／富田三千代／友貞京子／米沢美和子／雛涼子／沙羅葵／石田幸／八重樫聖／梶塚秀子／磯部美希／渕田倫代／長瀬友美／他

「糸地獄」（再演）
〈時〉　1987年6月22日〜28日、8月18日〜20日
〈所〉　ベニサン・ピット、あがたの森講堂（松本現代演劇フェスティバル参加）
演出・和田喜夫／共同演出・岸田理生／舞台監督、舞台美術・中池眞吉／照明・武藤聡／音響・原島正治／図匠・高野アズサ／作曲・高浪恭子／衣裳・山城友輝／演出助手・村田以蔵／制作・宗方駿
〈出演〉　岡村龍吾／宗方駿／池田火斗志／西岡幸男／石川直樹／荒田賢司／木村環／樽真治／富田三千代／米沢美和子／雛涼子／石田幸／八重樫聖／梶塚秀子／横田和恵／兼田かおり／中島貴子／村田裕子／和田結美／渕田倫代／新藤奈々子／河井真理子／大山あゆみ／他

「糸地獄」（三演）
〈時〉　１９９０年11月8日〜11日
〈所〉　練馬文化センター・小ホール（東京国際演劇祭参加）
演出・和田喜夫／共同演出・岸田理生／舞台監督・石沢徹／照明・武藤聡／音響・原島正治／音楽・池田大介／作画・吉田光彦／人形製作・水根あずさ／衣裳・山城友輝／バイオリン・高見亮子／「糸切り虫」作曲・高浪恭子／宣伝美術・北村武士／制作・宗方駿
〈出演〉　岡村龍吾／池田火斗志／西岡幸男／石井伸也／樽真治／西田勝成／米田亮／川口隆夫／富田三千代／米沢美和子／雛涼子／石田幸／八重樫聖／梶塚秀子／横田和恵／和田結美／若林カンナ／木島弘子／佐藤真紀／小山幸／春野きらら／後藤理絵／小川ゆう子／他

「糸地獄」「Woven Hell」（海外公演）
〈時〉　１９９２年2月26日〜29日、3月3日〜10日（8日休演）
〈所〉　オーストラリア・パース「ニューフォーチュンシアター」、アデレイド「スペイスシアター」
演出・和田喜夫／共同演出・岸田理生／舞台監督・武川喜俊／舞台美術・和田平介／照明・武藤聡／音楽・キム・ミョンファン／音響・原島正治／音響操作・須藤力／演出助手・戸谷陽子／制作・宗方駿／プロデューサー・青木道子
〈出演〉　岡村龍吾／宗方駿／池田火斗志／諏訪部仁／高山春夫／柴崎正道／米田亮／石井伸也／樽真治／富田三千代／米沢美和子／雛涼子／石田幸／八重樫聖／北村麦子／梶塚秀子／横田和恵／和田結美／若林カンナ／戸田二美子／木島弘子／山崎恵美子／小山幸

「料理人」（初演）
〈時〉　１９８８年12月17日〜25日
〈所〉　ベニサン・ピット
演出・和田喜夫／舞台美術・ガウディ工房／照明・林徹／音響・原島正治／音楽・白石きよみ／衣裳・山城友輝／宣伝美術・北村武士／制作・宗方駿
〈出演〉　岡村龍吾／宗方駿／池田火斗志／西岡幸男／石川直樹／荒田賢司／石井伸也／樽真治／富田三千代／米沢美和子／雛涼子／石田幸／八重樫聖／梶塚秀子／横田和恵／中島貴子／和田結美／他

「料理人」（再演）
〈時〉　１９８９年７月31日、９月10日
〈所〉　利賀野外劇場（利賀フェスティバル参加）、サウンドコロシアム　エムザ有明
演出・和田喜夫／舞台監督・上山克彦／舞台美術・ガウディ工房／照明・武藤聡／音響・原島正治／音楽・白石きよみ／衣裳・山城友輝／宣伝美術・北村武士／制作・宗方駿
〈出演〉　岡村龍吾／宗方駿／池田火斗志／西岡幸男／荒田賢司／石井伸也／樽真治／西田勝成／富田三千代／米沢美和子／雛涼子／石田幸／八重樫聖／梶塚秀子／横田和恵／中島貴子／和田結美／若林カンナ／戸田二美子／他

「糸地獄」の頃、「料理人」の頃――解説にかえて――

「糸地獄」は岸田理生の代表作であると同時に、「糸地獄」によって旗揚げされた「岸田事務所＋楽天団」の代表作でもある。岸田戯曲賞を受賞もしたし、松本現代演劇フェスティバルに招待もされた。あげくはオーストラリアはパース演劇祭とアデレイド演劇祭にも招待され、世界的にも認められた。劇団の節目節目に何度も再演された作品ではあったが、そのたびにいろいろなトラブルを引き起こした作品でもあった。そもそも作品の構造として十二ヵ月の名前の付いた娼婦とそこにやってくる少女の話なので、男優はともかくも女優は少なくとも十三人は必要なわけで、その人数を集めるだけでも大変だ。劇団員だけでは間に合わず、他の劇団に協力を要請したり、新人を募集したりしなくてはならない。加えて一階と二階とそれを繋ぐ階段が指定されており、常に劇団員だけで装置を作っていた私たちにとって、この大道具製作の作業もまた大変なものであった。

この劇団は二つの劇団が合併してできた事情もあって、基本的に岸田理生と和田喜夫の共同主宰の体制がとられ、トラブルの防止のためにお互いの守備範囲が決められていた。作・岸田理生、演出・和田喜夫で行くこと、岸田が外部的な顔になり、和田は内部の組織を固めること。そして、二人で協力して劇団を盛り上げるとともに、二つの顔を使い分ける二枚舌戦略を取ることが確認されていたのだ。そうした組織作りの効果は、創立二年目から上演された「昭和の恋」三部作、その後に続く「料理人」では如実に現れ、劇団として外部的にも内部的にも確実に成長を続けていくように思われた。

特に、チェルノブイリの事故とそれに伴う危機感に触発されて書かれた「料理人」は、無国籍無時代とも近未来とも言える設定で、演出によって多様な処理ができたし、岸田の思い入れも少なかったのかも知れない。だから二人の主宰者の齟齬はあまりなく、外部出演が多くなっていた劇団員にとっても、年に一度の劇団本公演はお互いの絆を深め、安心して舞台に立てる大切な作品だったのだ。ところが「糸地獄」の方は岸田の生い立ちが色濃く滲み、思い入れがあまりに深い。そのため毎回共同演出に名前を出すことになり、本来演出は和田に任せると決めた了解事項が崩れ、それがトラブルの根っこにあったように思われる。「糸地獄」をやるたびに、二枚舌戦略の誤魔化しがわざわいとなり、劇団にもともとあった問題点、つまり二人の主宰者の下で運営されているという無理が、さまざまな形で現れてきたのである。実はこの問題、旗揚げ初演の時にすでに劇団が抱えていたのだが、「糸地獄」が再演されるたびにまったく同じ問題が噴出するのであった。「すべての諸問題はその最初の時点ですでに内包している」。まさにこの言葉通りだったのだ。そして、最後には海外公演という一見華やかな公演の影で、劇団解散という決定的な破綻を迎えてしまうである。

この劇団にとって「糸地獄」は常にトラブルの原因で、それによって危機感と努力とを強いる作品だったとしたら、「料理人」はそれまでに作り上げた劇団と劇団員の能力を最大限に発揮できる場としての作品だったとも言える。二人の主宰者によって二つの方向への力が引き合い、より大きな力が生まれると信じていたように、この二つの作品は劇団を破壊と構築の二つの方向に引っ張り合っていて、それを繰り返すことでこの劇団はダイナミックに成長して行ったのかも知れない。

理生さんを偲ぶ会　代表・宗方駿

糸地獄　岸田理生戯曲集Ⅱ

2004年7月25日　第1刷発行

定　価　本体1800円＋税
著　者　岸田理生
発行者　宮永捷
発行所　有限会社 而立書房
東京都千代田区猿楽町2丁目4番2号
振替 00190-7-174567／電話 03（3291）5589
FAX 03（3292）8782
印　刷　有限会社 科学図書
製　本　有限会社 岩佐製本

落丁・乱丁本はお取り替えいたします。
ISBN 4-88059-317-6 C0074

岸田理生

忘れな草 ——ベデキント「ルル」による

1986.9.25刊
四六判上製
112頁
定価1200円
ISBN4-88059-096-7 C0074

ベデキントのルル二部作を下敷きに、女寺山修司・岸田理生が描く、世紀末・東京。美と退廃の女「留々」が、幻の大正を妖しく照らし出す傑作戯曲！

岸田理生

恋 三部作

1992.2.25刊
四六判上製
296頁
定価1900円
ISBN4-88059-154-8 C0074

おんな寺山修司と称される岸田理生の代表作。「恋」を題材に、男と女の関係のなかに封印された「怨念」を歴史の闇の中からたぐりよせ、浮遊する「現在」を激しく撃つ、文字通りの著者渾身の力作！

岸田理生

終の栖・仮の宿 —川島芳子伝—

2002.7.25刊
四六判上製
96頁
定価1500円
ISBN4-88059-282-X C0074

清朝の王族・粛親王善耆の第４王女として生まれながら、満州浪人川島浪速の養女となり、後に「東洋のマタハリ」と呼ばれた男装の麗人・川島芳子の生涯を描ききった岸田理生畢生の傑作！

ジェームス三木

つばめ —ハングル語訳併録—

2002.8.25刊
四六判上製
144頁
定価1000円
ISBN4-88059-291-9 C0074

「秀吉によって国土を踏みにじられた朝鮮国は、家康の国交回復の要請に応えて、500人の文化使節団（朝鮮通信使）を派遣してきた。〈文〉を以って〈武〉に報いたのである」—ジェームス三木

生田萬の戯曲集

夜の子供

1986.12.25刊
四六判上製
288頁
定価1600円
ISBN4-88059-100-9 C0074

人気劇団、ブリキの自発団を率いる生田萬の初の戯曲集。ブリキックワールドの魅力いっぱいの「夜の子供」「小さな王国」の２篇を収めた、決定版だ。これを読まずにブリキのファンとはいえないぞ。

生田　萬

やさしい犬

1987.2.28刊
Ｂ５判並製
176頁
定価1000円
ISBN4-88059-104-1 C0074

ブリキの自発団を率いる奇才・生田萬の第２戯曲集。ハードボイルド・タッチのこの戯曲、これまでのブリキックワールドとは趣を異にする生田の新生面を示すものだ。台本仕様。

霜川遠志

戯曲・魯迅伝　五部作

1977.6.30刊
四六判上製
392頁
定価1800円
ISBN4-88059-020-7 C0074

竹内好に私淑し、長年にわたって、魯迅作品の舞台化を実践してきた著者の、奔放かつ深淵な魯迅像の抽出。第一部・藤野先生、第二部・影の青春、第三部・阿Q忘れ得べき、第四部・花なき薔薇、第五部・私は人をだましたい。

石澤富子戯曲集

琵琶伝

1979.6.25刊
四六判上製
232頁
定価1500円
ISBN4-88059-028-2 C0074

第20回「新劇」岸田戯曲賞を受賞した表題作のほか、初期作品「木蓮沼」をはじめ「やよいの空は」「浅茅が宿」の全作品を収録。繊細な感情の表出による内面表白の展開は、読む戯曲としても十分に想像力を刺戟してくれる。

山元清多戯曲集

さよならマックス

1980.12.25刊
四六判上製
324頁
定価1800円
ISBN4-88059-038-X C0074

第27回岸田戯曲賞受賞。60～70年代の実質をにないつつも、これまで未刊であった山元清多の第1戯曲集である。「海賊」「さよならマックス」「与太浜パラダイス」の3篇を収録。

芦川照葉戯曲集

原《はる》ノ城

1987.12.25刊
四六判上製
168頁
定価1500円
ISBN4-88059-113-0 C0074

沈滞する歌舞伎界に生新な息吹を吹き込む“新鋭・女流”の第1作品集。天草四郎時貞を主人公に解放を求める民衆の“共同幻想”をあでやかに描く力作。他に霊異譚「北州霊異」(国立劇場新作歌舞伎脚本入選)を収める。

鈴木美枝子

ヤマト彦

1997.3.25刊
四六判上製
272頁
定価2400円
ISBN4-88059-217-X C0074

古代ヤマト国の国守ヤマト彦は領主たちの人望も厚く、四隣への影響力も絶対であったが、自らの出生の秘密への疑いと、夢にたびたび表れる予知から、自分の地位を放棄する。

ゆいきょうじ戯曲集

隠　人（おに）

1997.8.25刊
四六判上製
288頁
定価3000円
ISBN4-88059-234-X C0074

民間伝承に材を借りて、人間の深層に潜むどうしようもない性(さが)――愚・哀・愛・情を上演しつづけてきた作者の待望の戯曲集。
表題作の他に「弘誓の海の舟」を収録。

岩松了

お茶と説教 ——無関心の道徳的価値をめぐって

1989.7.25刊
四六判上製
160頁
定価1500円
ISBN4-88059-126-2 C0074

89年度岸田戯曲賞受賞作家、岩松了の処女作。笑わせる演劇から遠く離れて、分かる人だけが笑い、楽しめる、大人の芝居がここにある。子供芝居に飽きた方におすすめのペーパーシアター！

岩松了

台所の灯 ——人とその一般性の徴候に寄せて

1989.7.25刊
四六判上製
160頁
定価1500円
ISBN4-88059-127-0 C0074

「お茶と説教」に続く、ご存知ご町内シリーズの第二弾。表層の笑いから遁走し続ける岩松了の冴えわたる「ずらし」の世界がますます快調に展開する佳作。

岩松了

恋愛御法度 ——無駄と正直の劇的発作をめぐって

1989.7.25刊
四六判上製
152頁
定価1500円
ISBN4-88059-128-9 C0074

シリーズの締め括りをなす傑作。まるで、空気のようなお芝居が、心を和ませ、体をもみほぐし、ついにはマッサージまでしてくれるというグッド・シアター。

若松了戯曲集

隣りの男

1992.8.25刊
四六判上製
264頁
定価1800円
ISBN4-88059-168-8 C0074

男と女、男と男のファンタジーな関係を描いて独自の境地を切り開く異才・岩松了の最新作。岸田国士を思わせる卓抜なセリフの応酬のなかから立ちのぼる〈大人の笑い〉は、この作家ならではのもの。「鉢植を持つ男」併録。

若松了

アイスクリームマン

1994.4.25刊
四六判上製
192頁
定価1500円
ISBN4-88059-187-4 C0074

山間にある合宿制の自動車学校。22人の登場人物は、そこで何を話し、何を考え、何をしたらいいのか。人生って意味があるのか、青春に意味があるのか。岩松了は今度も意地悪だ。

若松了

市ケ尾の坂

1994.7.25刊
四六判上製
176頁
定価1500円
ISBN4-88059-188-2 C0074

伝説の虹の三兄弟、それに絡む美貌の若妻……材料がそろったが、岩松了はこれをどう料理したと思います？

岸田理生演劇エッセイ集

幻想遊戯

1987.7.25刊
四六判上製
288頁
定価1900円
ISBN4-88059-108-4 C0074

寺山修司の薫陶を受けた岸田理生の待望の第1エッセイ集。寺山・演劇・自己・他者、そして幻想世界……。岸田理生のフィールドワークがこの一冊に凝縮されている。他に、鈴木忠志・山口昌男との対談を収録。

流山児祥

流山児が征く 〈演劇篇〉

1983.6.25刊
四六判上製
352頁
定価2000円
ISBN4-88059-066-5 C0074

過激な男流山児の、演劇論。初期から現在までの全論考から厳選。痛罵・テロール・かいぎゃくの必殺パンチ。まさにサディスティック・シアター。

流山児祥

流山児が征く〈歌謡曲篇〉歌謡曲だよ人生は

1983.10.25刊
四六判上製
256頁
定価1400円
ISBN4-88059-068-1 C0074

松本伊代ちゃんはじめ、明菜もみゆきもひろ子も、バッサバッサ。向かうところ敵なしの流山児が、パロッてしまう通快歌謡曲は人生だよ。

流山児祥

流山児が征く〈プロレス篇〉燃えよ闘魂《プロレス》

1984.3.25刊
四六判上製
256頁
定価1500円
ISBN4-88059-074-6 C0074

〈演劇篇〉で痛快な演劇批判を展開した流山児の熱い想いがたぎり立つ、歌と格闘技によせる讃歌。演劇外道の流山児が過激フィーバー。

高取英

聖ミカエラ学園漂流記〈小説〉

1986.7.30刊
四六判上製
176頁
定価1000円
ISBN4-88059-095-9 C0093

時空を駆け抜けて、独自の演劇世界を構築する新鋭・高取英の傑作戯曲の小説化。

高取英戯曲集

聖《セント》ミカエラ学園漂流記

1986.12.30刊
A 5 判上製
180頁口絵 4 頁
定価1900円
ISBN4-88059-101-7 C0074

収録戯曲「月蝕歌劇団」「聖ミカエラ学園漂流記」「帝国月光写真館」「白夜月蝕の少女航海記」などを収める。

程島武夫

傾く自画像

1984.11.25刊
四六判上製函入
128頁口絵1頁
定価2000円
ISBN4-88059-081-9 C0074

戦前では、村山知義とともに左翼演劇運動に邁進し、敗戦後は日本共産党の文化部で活躍するが、50年離党。演出家として活躍する。絶版。